The Wood Beyond the World

世界之外的森林

[英] 威廉·莫里斯——著

张婀 孙甜——译

中国·武汉

图书在版编目（C I P）数据

世界之外的森林 /（英）威廉·莫里斯著；张娴，孙甜译．-- 武汉：华中科技大学出版社，2019.9

（现代奇幻原典书系）

ISBN 978-7-5680-5350-1

Ⅰ．①世… Ⅱ．①威… ②张… ③孙… Ⅲ．①长篇小说 – 英国 – 现代 Ⅳ．① I561.45

中国版本图书馆 CIP 数据核字 (2019) 第 135700 号

世界之外的森林　　（英）威廉·莫里斯 著

Shijie Zhiwai de Senlin　　张 娴　孙 甜 译

策划编辑：刘晚成

责任编辑：林凤瑶

特约编辑：刘小乔　徐艳华

责任校对：曾　婷

责任监印：朱　玢

装帧设计：璞茜设计 2815932450@qq.com

出版发行：华中科技大学出版社（中国·武汉）　电话：（027）81321913

武汉市东湖新技术开发区华工科技园　邮编：430223

印　刷：武汉精一佳印刷有限公司

开　本：880mm × 1230mm　1/32

印　张：5.125

字　数：109 千字

版　次：2019 年 9 月第 1 版第 1 次印刷

定　价：25.00 元

本书若有印装质量问题，请向出版社营销中心调换

全国免费服务热线：400-6679-118 竭诚为您服务

目 录

001 Chapter 01 戈尔登父子
004 Chapter 02 沃尔特出海
008 Chapter 03 父亲的死讯
014 Chapter 04 偏离航向
017 Chapter 05 踏上新大陆
022 Chapter 06 陈年往事
028 Chapter 07 悬崖之门
031 Chapter 08 走过荒原
034 Chapter 09 遇见侏儒
038 Chapter 10 遇见侍女
048 Chapter 11 遇见女主人
052 Chapter 12 世界之外的森林

058 Chapter 13 狩猎

064 Chapter 14 猎鹿

069 Chapter 15 屠狮

073 Chapter 16 王子与侍女

078 Chapter 17 林中嬉戏

082 Chapter 18 侍女与沃尔特相会

085 Chapter 19 沃尔特取狮皮

091 Chapter 20 沃尔特二度有约

095 Chapter 21 逃离金殿

098 Chapter 22 侏儒之死

102 Chapter 23 疯狂的一天平静收尾

105 Chapter 24 侍女的身世

115 Chapter 25 把夏天穿在身上

119 Chapter 26 遇见熊人

124 Chapter 27 与熊人共度一朝

127 Chapter 28 熊人的新神灵

132 Chapter 29 失散

135 Chapter 30 重逢

140 Chapter 31 遇见另一伙人

143 Chapter 32 史塔克沃的新国王

146 Chapter 33 推选国王的制度

148 Chapter 34 侍女觐见国王

150 Chapter 35 国王与王后

154 Chapter 36 新时代

Chapter 01

戈尔登父子

从前，在繁华美丽的海滨城市——沙洲上的兰顿城里住着一个年轻人。他年方廿五，一头金发，相貌英俊，高大健壮。寻常年轻人大多愚钝鲁莽，他却聪慧过人，既勇敢又和善。他平时话虽不多，但总是彬彬有礼。他不爱摆架子，也不专横跋扈；他是个温文尔雅、懂得克制的人。可要是真打起架来，他是个可怕的对手、可靠的战友。故事伊始，年轻人和他的父亲同住。这个父亲是个大商人，家财富过本地的男爵。他是兰顿城的贵族之首，又是土耳其宫廷卫队队长，他还是戈尔登家族的后裔，人们都叫他巴塞罗缪·戈尔登，而他的儿子名叫沃尔特·戈尔登。

现在，你肯定认为这样一个出身显赫的年轻人一定顺风顺水、应有尽有、倍受世人艳羡。然而，他的命运却有一点瑕疵，他苦恋上了一个美貌女子并娶她为妻，那女子当时似乎并没有不乐意，可是婚后大概六个月，种种迹象表明，妻子并不在意他英俊的外貌，反倒和一个方方面面都不及他的男子鬼混在一起。沃尔特平静的生活从此一去不返。然而，他虽然痛恨妻子的不忠，不满妻子对他的厌恶，可只要听到她进屋时的说话声，他就心动不已；只要看到她的倩影，他就燃起热望。所以，他期盼着有一天妻子能亲切温柔地对待他。沃尔特想，要是她真能这么做，自己就不计前嫌与她重修旧好。然而事与愿违，妻子只要一看见沃尔特就脸色大变，厌恶之情明明白白地写在脸上；她对别人总是和颜悦色，唯独对他冷若冰霜。

就这样过了一些时日，沃尔特感到父亲的大宅子连同这城市的每条街道，都变得令人生厌。他突然意识到，世界无比广阔，自己还正值青春。于是有一天他和父亲独处时，他说："父亲，我刚去了码头，看到附近的船只，离我最近的一艘大船上挂着您的旗号，它还要很久才起航么？"

父亲回答说："不，那艘船叫凯瑟琳号，这两天就要出港了，你怎么问起这事来了？"

沃尔特答道："父亲，我长话短说吧，我打算搭乘那艘船，到其他地方去见识一下。"

"孩子，你要去哪儿？"作为大商人的父亲问道。

"船开到哪儿，我就去哪儿。"沃尔特说，"父亲，您也知道我在家待着不自在。"

作为大商人的父亲沉默了片刻，父子情深，他凝神细看自己的儿子，最终开口道："好吧，孩子，或许这样对你是最好的，但我们父子俩恐怕后会无期了。"

"如果我们能重逢，父亲，你会见到一个全新的我。"

"好吧，"巴塞罗缪说，"至少我知道，是谁害我失去了你。从此以后你走你的路，她不能继续住在我的房子里。况且，若她的族人和我们的族人因此起了纷争，她留下来反倒更麻烦。"

沃尔特说："我请您不要过分羞辱她，因为羞辱她恐怕就是在羞辱我和您自己。"

巴塞罗缪又是一阵沉默，良久又道："我的孩子，她是否怀有身孕？"

沃尔特涨红了脸，说："我不知道，就算有也不知道孩子是谁的。"父子俩又是一阵沉默，还是巴塞罗缪先开口："就这么定了，儿子，今天是礼拜一，你礼拜三一大早就上船吧。这两天我得好好准备，不能让你空着手离开。凯瑟琳号的船长正直善良，久经风浪，我的仆人——矮个子的罗伯特是货运书记员，他为人机敏，信得过，生意方面有他在就如同有我在。凯瑟琳号是一艘新船，造得很坚固，应该会一帆风顺，因为人们在教堂里赞颂的圣母会庇佑它。我说的就是你受洗的那座教堂，在你之前，我、你母亲，还有我的父母都曾躺在那圣坛下接受洗礼。"说完，巴塞罗缪就起身去处理事情了，父子俩没再谈起此事。

Chapter 02

沃尔特出海

第二天一早，沃尔特前往凯瑟琳号。船长杰弗里对他敬重有加，热情相待。船长先带沃尔特去看了他的房间，又带他去看码头上的大批行李。这些行李都是他父亲派人送来的，准备得不免仓促。沃尔特心中暗暗感谢父亲的慈爱，却并不在意这些行李，只是失神地凝望着那些正在准备出港或卸货的船只，以及来来往往的水手和外邦人。这番景象在他眼中好似织锦挂毯上的奇妙图案。

当沃尔特快要走回到凯瑟琳号时，他看到了一艘他从没见过的高头大船。这艘船已经全部就位，牵引艇也已放出，水手们在桨位上待命，只等缆索一解开，就能拖曳着它驶进海中。可是水手们似乎还在等待着什么人登船。

沃尔特袖手站在一旁，凝视着大船。就在这时，一行人从他眼前经过，向船的舷梯走去。看！这一行三人，走在最前面的是一个侏儒。他肤色黝黑，相貌丑陋，生着长臂和巨耳，龅凸的犬牙如同野兽的利齿。他身着昂贵的黄色丝绸外套，手里拿着一张弯弓，身佩一把宽面的石斧。

侏儒后面跟着一个少女，看上去非常年轻，还未满二十。她长得娇美如花，灰眼棕发，嘴唇饱满而红润，身材苗条又匀称，但她衣着简陋，只穿了一条紧身的绿色短裙，右脚踝上露出一个铁环。

走在最后的是一个贵妇，她身材高挑，气质高贵，容光焕发，衣着华美异常，很难看出她到底是什么身份。她那非凡的美貌让人无法直视，可一旦移开了视线，却又会情不自禁地马上抬眼去看她，然后一而再、再而三地悄悄地看她。沃尔特也是如此，当这一行三人经过他身边的时候，周围的其他人和物仿佛都消失不见了，仿佛全世界只剩下他和他们一行三人。沃尔特的目光追随着这三个人，看他们登上舷梯上了大船，然后他们走过甲板进了船尾的舱房，消失在他的视野里。

他驻足凝望，直到码头上拥挤的人群又一点一点地出现在他的眼前。这时他才看到，缆索已经解开，牵引艇都降到了海面，强壮的水手们划动小艇，拖着大船朝着港口驶去，接着，船帆从帆桁上落下展开，帆脚索也扣紧了。一出港口，海风就鼓起风帆，带着大船乘风破浪而去。这时只见船员打出一面旗帜，绿色的旗面上绣着一头恶狼和一个少女对峙的场景。船就这样走远了。

沃尔特立在原地看着船去后空空的海湾，只有海浪不时涌进来，然后，他转身朝凯瑟琳号走去。他本想问问杰弗里船长是否知道那艘大船和船上的外邦人，可转念一想，这一切只不过是一种幻想或是白日梦罢了，最好还是不要告诉任何人。

于是他离开海湾，穿过街道回到他父亲的房子。然而，就在他马上要到家，大门就在眼前的时候，好像有那么一刻，他看到三个人从石阶上下来，正要走到街上去，正是那侏儒、少女和贵妇。可是当他站定了等那三人走过来，定睛一看，天！前面什么也没有，只有巴塞罗缪·戈尔登的大房子、三个小孩和一只狗在台阶处玩耍，还有四五个行人与他擦身而过。沃尔特大惑不解，不明白自己到底看到了什么，他似乎看到那三个人登上了大船，这一行人到底是他的幻觉，还是活生生的亚当的后裔？

不管怎么说，沃尔特还是进屋来到了父亲的房间，他得和父亲谈一些事。尽管他爱他的父亲，崇拜父亲的睿智和勇敢，但此刻他听不进父亲的话。他的心思全在那三个人身上，他们的模样历历在目，仿佛被杰出的画家画在了桌面上。他想得最多的是那两个女子，但他并没有因为对陌生女人心怀欲望而感到自责。因为他对自己说，他并非渴望得到这两个女子中的某一个，再说他甚至都搞不清楚自己到底喜欢哪一个，是那少女还是端庄的贵妇；然而他知道自己急切地渴望再次见到她们，弄清楚她们是谁。

一晃到了礼拜三早上，正是沃尔特要告别父亲出发的日子。父亲带他走下码头朝凯瑟琳号走去，沃尔特拥抱了父亲，他因为心情沉重而潸然泪下，还隐隐有种不祥的预感。过了一会，父亲回到岸上，随即，舷梯从船上卸下，缆索解开了，牵引艇的船桨在暗沉的海水中划动，风帆从帆桁上落下，帆脚索也扣紧了，凯瑟琳号驶入了烟波浩渺的大海。“凯瑟琳号”已经收起灰色的坡板，打出一面古老的旗帜，那是巴塞罗缪 · 戈尔登的标志：左右分别是字母 G 和 B，中间是一个十字架和一个三角形。

沃尔特站在船尾眺望，与其说是眺望，还不如说是回想，因为这一系列动作和之前那艘大船驶出的情形如出一辙。他觉得这两艘船就像是一根绳子上穿着的两颗珠子，被那绳子拖着驶往一处，两船总是一前一后，永远不会再次靠近。

Chapter 03

父亲的死讯

凯瑟琳号飞速航行着，没有人知道它和它的船员将会经历什么。他们经过一座又一座商埠，每次靠岸都按照商人的规矩做买卖。沃尔特并没有袖手旁观，船只的保养维修，做生意讨价还价，大大小小的事情他都尽力帮上一把。船越行越远，时光流逝，沃尔特也渐渐淡忘了往日的烦恼，包括妻子的背叛。

然而，有些烦恼仍时时闪现在他的眼前，沃尔特仍然渴望能遇上那三个人。尽管他没再见到他们，可那三个人的形象却时常浮现在他的脑海里，仿佛一伸手就能触碰到。不过，随着时间的流逝，那些影像也不经常浮现了，就算偶尔想起，也不那么令人心烦意乱了。的确，不管是周围的人还是沃尔特自己，都觉得他那忧愁郁结的心伤已经愈合。

这一日，他们离开第四座商埠，在海上航行了一段时间，又到了第五座口岸。这座城市既宏伟又漂亮，此时距离他们离开沙洲上的兰顿城已有七个多月。尽管远离家人，但沃尔特却满怀欣喜地细细打量起这座美丽的城市，特别是这座城里美丽的女人。他就像寻常年轻人那样，追求她们、爱慕她们，却不动真情。

这座城市是凯瑟琳号此次航行计划的最后一站，他们将在这里停留大约十个月，每天同往来的商贩做生意，饱览那些稀罕漂亮的玩意儿，和商贩、城里人，还有城门上的守卫一起寻欢作乐。沃尔特乐得和船员们打成一片，每天都过得忙碌而愉快，这正是一个壮小伙该有的样子。

十个月转瞬即逝。这一天，沃尔特正要离开旅馆去集市的摊位，他一开门就看到眼前站着三个穿着本国服饰、船员打扮的人。沃尔特一眼就认出其中一个书记员模样的人，他叫阿诺德·潘斯庄，是沃尔特父亲的书记员。沃尔特见到他，心脏都漏跳了一拍，大叫道："阿诺德，出什么事了？兰顿城的人都好吗？"

阿诺德道："我带来了坏消息，您的族人有麻烦了。我不能向您隐瞒，您的父亲巴塞罗缪·戈尔登去世了，愿上帝保佑他的灵魂安息。"

沃尔特闻言，顿觉那些原本已经无足轻重的烦恼立刻又变得鲜明而沉重，过去几个月的生活恍若一场梦。他仿佛看到父亲躺在床上与世长辞，听到屋子里的人哀声恸哭。他沉默了一会，而后愤怒地问：

"什么，阿诺德！他是寿终正寝还是另有原因？我们分开的时候，他既不年迈也没有患病。"

阿诺德说："他是在自己的卧床上去世的，不过此前他受了剑伤。"

"是吗，怎么回事？"沃尔特又问。

阿诺德说："你走后没几天，你父亲就把你的妻子逐出家门，让她颜面全无地回到她娘家雷丁家族。没有比这更丢人的事了。可城里的人，凡是知道你和她事情的，都没有怪罪我们，仁慈的上帝啊，那几乎是人尽皆知的事。"

"可是雷丁家族的人不这么看，他们约了我们戈尔登家族说要好好谈谈。为了全城的安宁着想，我们答应了，厄运随之而来。我们约在金色大厅见面，然后双方就开始谈起这件事。有些话不吐不快，双方说话的语气都带有些火药味。结果话音一落，双方就拔剑相向，一时杀成一片。我们的两个人当场就死了，而他们那边死了四个，双方都有多人受伤，其中就有你的父亲。你也知道，你的父亲是肯定不会在战斗中退缩的。他的身侧受了两处剑伤，还有一处在手臂上，可他不顾伤势，仍然坚持自己走回家。我们都以为自己占了上风，事实并非如此！这次胜利带来了不幸，十天后，你的父亲因为剑伤去世。

"他的灵魂与上帝同在！少爷，你肯定知道我来这不仅仅是为了告诉你这件事，我其实是来为族人传话的。他们希望您即刻跟我们回去。我们乘我来时坐的快船，您看，它是一艘龙骨船[①]，迅捷轻便，能逆风航行。"

---

① 龙骨船：龙骨是船、汽艇或小舟最重要的承重结构。除了承重，龙骨还有流体动力学上的作用。它扩大了船的侧面面积，提高了船在水中的并联阻抗，能防止船侧风转向。龙骨还对船的重量稳定有重要作用，减少了船的倾斜或是反向转动。（译注）

沃尔特说："这是向我们下战书了。我跟你回去，雷丁家族也知道我要回城了。你们都准备好了吗？"

"是的，"阿诺德说，"我们今天就可以起锚，最迟明天破晓时分可以到。可是，少爷您还好吗，为什么这样疯狂地望着我的身后？希望您节哀！父亲本来就是要比儿子早到天堂的。"

然而，沃尔特的脸色由激怒的赤红转为苍白，他指着街道大声说："快看！你们没看到吗？"

"看什么，主人？"阿诺德说，"天呐！那边走来了一只穿着鲜亮的猴子，像是杂耍艺人养的那种猴子。不对，上帝啊！那是个人，可他的样子扭曲得好似魔鬼。紧接着走来的是一个美丽的少女，似乎是他的随从。哦，天哪！还有一个极为美貌且高贵的夫人！我明白了，毫无疑问，她一定是前面两人的主人，也是这座美丽的城里最尊贵之人。我还看见那少女的脚踝上戴着一个铁环，按这些外邦人的规矩，这说明她是一个奴隶。真是怪事！街上的人竟然都没注意到这奇异的一幕，甚至没人注意那位高贵的夫人，想必他们早就见怪不怪了。那位夫人美得好似异教徒信仰的女神，她佩戴的珠宝能买下两座兰顿城。可是，少爷，可是！"

"怎么了？"沃尔特问。

"为什么，少爷，他们应该还没有走出视线才对，可是他们已经不见了。他们是什么人，难不成能够遁地？"

"咳，"沃尔特没有看阿诺德，而是盯着街道说，"你一不留神，他们已经走进某座房子里了。"

“不是的，少爷，不是的，”阿诺德说，“我的眼睛一刻也没有离开他们。”

“好吧，”沃尔特说，语气有点生气，“他们现在不见了，可是这跟我们有什么关系呢？我们要面对的是伤痛和冲突。现在让我一个人好好想想这件事。你有没有把这些事告诉杰弗里船长和其他船员？叫他们都做好准备，明天一早来见我。我也会做好准备，到时我们就出发回兰顿城。”

说完他便转身进屋了，其他人也各自散了。沃尔特独自坐在房间里，脑中反复思量着今天的这些事。他决心不再去想那三个人，一心想着乘船回兰顿城去处理与雷丁家族的冲突，要不就将他们摆平，要不就是死。他做好思想准备去面对这场劫难了，心情变得稍稍轻松。他不再去想雷丁家族和自己家族之间的冲突，好像那已经是过去的事了。他现在想的是，有什么方法能找出那三个人到底住在哪里，然后他又竭力想甩掉这个念头。他对自己说，刚才所看到的不过是幻觉，是一场白日梦。可转念又想到了阿诺德，阿诺德也看到了那三个人，难道他也在梦游吗？他从来不梦游。他又想，幸好是阿诺德跟他描述那三个人，而不是他告诉阿诺德，所以至少他知道那是实实在在的事，并非他脑中的幻觉。话说回来，为什么他要跟踪他们，跟踪他们他又能得到什么，他到底该怎么办呢？

他就这样翻来覆去地想这件事，最后他终于意识到，这虽然不会使他愚钝，但也毫无益处。他厌倦了想东想西，开始打包行李，不一会就都准备好了。这一天就这么过去了，夜幕降临时他就睡了。第二天，天刚刚破晓，阿诺德就带他到龙骨船所在的码头，那艘船名为巴塞罗缪号。沃尔特没有多做停留，他简短地同众人告别，然后上了船。一小时后，他们就来到了开阔的洋面上，掉转船头向沙洲上的兰顿城驶去。

Chapter 04

偏离航向

巴塞罗缪号顺风朝着西北方在海上疾速航行了四周，船只和船员皆安然无恙。一天傍晚，风停了，船几乎无法前行。但是海面上却波涛汹涌，海浪似乎能把船板冲破。云层密密地汇聚在西方的天际，雾霭迷离，尽管此前的二十几天皆是晴空万里，风推着几朵明亮的白云飘过长空。深谙海事的船长久久地眺望着天空和海面，然后转过身来，下令船员收起船帆，务必要小心谨慎。沃尔特问船长在看什么，船长没有回答，只是没好气地说："这还用说吗？傻子都看得出来，明摆着的事儿，暴风雨马上就要来了。"

他们静待暴风雨的来临。沃尔特回到房中，此时夜幕降临，他心神不定，打算蒙头睡过去。沃尔特在睡梦中什么都不知道，直到被船员们杂沓的脚步声和乱哄哄的叫嚷声吵醒。只听外面的绳索猛烈地抽打着，船帆猎猎鼓荡，如雷声大作，船身剧烈地颠簸摇晃。沃尔特是个勇敢刚毅的年轻人，不过他此时只是静静地躺在房间里；一来他经验不足，掺和进去只会碍手碍脚，白白给船员们添乱，二来他心想：反正我是死是活都无法得偿所愿，那么葬身海底抑或回到兰顿城又有何分别呢？说真的，如果风向变了，倒也不算太坏。风会把我们的船吹到其他地方去，至少不用那么快回家了。没准儿我们这一耽搁，会有别的消息，就顺其自然吧。

于是，尽管船在狂风巨浪中颠簸，但沃尔特很快又沉沉地睡去了。一觉醒来，天色已经大亮，船长站在他的房间门口，海水从他的雨衣上成股地流下。他对沃尔特说：“少爷，日安！我们福大命大，又活到新的一天了。我要告诉你，虽然我们拼尽全力以免被风浪推动偏离航线，可还是不顶用。这三个小时我们一直被风吹着走。少爷，虽然我们的船是最坚固的，船员们身手敏捷，我们对地中海也了若指掌，但大海实在太广阔了。感谢圣尼古拉斯[1]和所有神灵！现在你看到的是一片新的海域，我们也许会踏上一块新大陆，但总好过沉到海底去喂鱼。”

“船还好吧？船员们都没事吧？”沃尔特问道。

“当然没事。”船长自豪地说，“巴塞罗缪号是橡木建造的。上来吧，看一看它英勇无畏、乘风破浪的风姿。”

---

① 圣尼古拉斯（Saint Nicholas）：土耳其历史上真实存在的一位主教，于公元3世纪末出生在地中海沿岸的潘特拉。他是水手的主保圣人，也是圣诞老人的原型。他心地善良，乐善好施，经常以匿名的方式给当地穷人赠送各种礼物。

于是沃尔特穿上雨衣，走上后甲板。天气果然变了，暗沉沉的海水波涛汹涌，浪头打来犹如山峦拔起，浪头落下又似白马下山。乌云低低地压在头顶，蓄积着雨水。虽然船帆已经破损，但船被风儿推着飞速前行，舷墙上掀起了滚滚波涛。

沃尔特抓着一根拉索站在甲板上看了一会儿，心想：我们快快向新大陆驶去也好。

船长来到他身边，拍了拍他的肩膀说："好了，少爷，振作起来！到下面来吃点肉，陪我喝一杯。"

于是沃尔特走下船舱，饮酒吃肉。此刻他的心情比起刚听闻父亲去世、仇人在家等他的噩耗时略略轻松些了。当时他真恨不得能在外多耽搁些时候，于是他暗自许愿，不要太早回城。但现在看起来，不管他是否愿意，似乎都得浪迹天涯了。所以那天傍晚，他感到心愿得偿，于是又急切地想要找到那三个似乎在召唤他的人。

Chapter 05

踏上新大陆

三天来船被风推着航行，第四天终于日出云散，远处的海面清晰可见。风力已经大大减弱，但仍然刮着微风，风向与兰顿城的方向正相反。船长说，既然大家都有些不知所措，而且这风向也很棘手，目前还是顺风航行为妙，这样的话或许能到达某一片陆地，向当地人打听一下他们身在何处。既然船长这么说，那么陆地应该已经不远了。

于是他们顺风航行，一路上都很顺畅。天气一直在好转，风势也渐渐减弱，最终变成了徐徐微风，然而还是吹与兰顿城逆向的风。

就这样又航行了三天，第三天傍晚，桅杆顶端的水手忽然大喊，说他看到前方有陆地。太阳完全落山前，船上所有人都看到了陆地，尽管那片陆地看起来不过巴掌大小。

夜幕降临时，船员们并没有降下船帆，船缓缓地朝那片陆地驶去。时值初夏，夜晚并不漫长也不十分黑暗。

第二天天光大亮的时候，映入众人眼帘的是一片陆地，长长的海岸线上遍布着岩石和层层山峦，除此之外看不见其他的东西。然而随着时间的推移，船离陆地越来越近，他们发现那山峦其实离海洋有一段距离，山前还有一片长长的悬崖峭壁。待船驶得更近，他们看到悬崖前面有一片微微起伏的绿色平原，一直延伸到那峭壁之下。

但是，即使他们离陆地已经很近了，仍然不见任何城市或港口。尽管这样，水手们仍然愉快地驾船向陆地驶去。他们经历了海上的狂风暴雨，早就渴望踏上平静的绿色大地；而且他们想，上了岸至少能找到干净的淡水，说不定还能在山下的平原上猎到一些野味。于是当天夜晚，他们在岸边水深五英寻①处抛锚停船。

次日早晨，船员们发现昨晚船抛锚的位置就在一条河流的入海口附近。于是他们放下小艇，将船拖进了那条河中。逆流而上航行了大约一英里，他们发现海水已经消退，海边只有少许潮水。那条河流深幽清澈，两岸是郁郁葱葱的草地。只见左岸上有三头牛和几头羊，好像他们故乡牧院里的草场。离小河不远处有一座茅草屋顶的小木屋，周围种了一圈果树。他们一时有些不解，虽说这里地处偏远，但是这么一个地方不应该没

① 英寻（fathom）：一种英美长度单位，1 英寻为 6 英尺，约合 1.8288 米，它不属于国际单位制。英寻表示“伸展开的双臂”，因而一英寻也就是两臂之长。如今这个单位的使用被严格限制在海洋测量中，特别是使用准绳测量水体深度的情况下。

有城镇。不管怎么说，他们还是把船拖上了岸，心想至少能在这儿停靠一阵子，打探一下消息，还能在这绿色的原野上好好休息一下，真是太棒了。

正当众人忙着做事的时候，一个男人从那座小屋里出来，朝他们走来。这人是个高个子的老头，白发长须，身上穿的是兽皮。

他既不害怕也不猜疑，走上前来亲切地向船员们问好。船长也向他问好，然后问道："老伙计，你是这个国家的国王么？"

老人笑道："不是我还能是谁？"他又说，"反正这里没有其他人来反驳我。"

"这么说，这里只有你一个人？"船长问。

"是啊，"老人说，"除了我，就只有地里、林子里的野兽——地上爬的、天上飞的。所以听到你们的声音我真是高兴。"

船长又问："那镇上其他的房子在哪？"

老人哈哈大笑说："我说我是一个人，是说这一整片土地上就只有我一个人，而不是仅仅指这个地方。从大海到熊人居住的领地之间再没有别的房子了，熊人的领地在悬崖峭壁的另一边，远着呢。"

"是吗？"船长笑着问，"难不成你们这儿的熊这么像人，还住在造好的房子里？"

老人摇了摇头说："先生，他们的外形与人类相差无几，但身形高大魁梧。说他们是熊人也只是个叫法，他们其实是半开化的部族。我见过一些熊人，他们告诉我，除了我见过的部落之外还有很多其他部落，从东到西分布在那片群山背后。至于他们是否有灵魂，是否开化，我肯定他们是没有的。因为他们信仰异端邪说，不信仰上帝和他的圣徒。”

船长说：“他们信仰什么？”

老人说：“我不清楚他们信仰的是什么神，但是据说他们非常尊崇一位女子。”

这时沃尔特说：“是吗，先生，你从何得知？你和他们打交道吗？”

老人说：“有时他们的人会来我这儿，问我有什么剩余的东西能给他们，我有时给他们一两头小牛，半打小羊羔或者大羊，有时给他们一皮囊我自酿的葡萄酒或者其他果酒。作为交换，他们给我一些我用得着的东西，比如鹿皮、熊皮和其他兽皮，因为我现在老了，只能在这周围稍微打打猎。有时候他们会带来小铜块，甚至小金块，可在这个偏僻的地方，这些东西也没什么用。说实话，我并不觉得他们傲慢粗鲁，不过我还是庆幸他们前阵子刚来过，最近应该不会来了。他们也有可怕之处，你们又是外邦人，恐怕他们不会放过你们，况且你们有武器和很多其他财物，只怕他们见了会垂涎三尺。”

船长说：“你跟这些野蛮人打交道，会不会不愿意跟我们做买卖？我们航行了很久，急需新鲜食物，我们船上有很多你用得上的东西。”

老人说：“我的就是你们的，只要给我留下足以支撑到下个收获季节的物资就行。葡萄酒、果酒之类的，我这儿有的是，你们尽管喝，喝光都行。我这儿也有一些玉米粮食，但是不多；你们需要也可以拿去，因为我地里的玉米都已经开过花了。我还有肉、乳酪和鱼干，你们要多少拿多少。至于牛羊，如果你们实在需要也可以拿走，我不会拒绝。但是我希望你们尽量不要动牛羊，因为我靠它们产奶；你也知道，熊人前不久刚来过，他们把我的剩余物资都拿走了。现在让我告诉你，如果你们想要新鲜肉类，这片平原和远处悬崖下的小树林里能捕到鹿和兔子，它们的性子不太野，因为我平时不怎么打猎，没有惊吓过它们，也没有其他人伤害它们，因为熊人每次都是来得快去得也快。我会带你们去一个地方，那里最容易捕到鹿。至于你们船上的货物，你们给什么我都乐意，最好是能给我一两把好刀和一卷亚麻布，我就非常满足了。不过不管怎么说，你们要什么，我都乐意无偿提供。”

船长笑着说：“朋友，你的好意我们十分感谢。你放心，我们不是小偷也不是海盗，不会拿你的牲口。那么明天，要是你愿意的话，请你带我们去打猎。我们今天先上岸走动走动，补给淡水。”

于是老人便回屋去给他们准备食物了。船上一共有二十一人，不管是船员、阿诺德还是沃尔特的仆人，全都上岸了，只留下两个人看船。他们上岸时都是全副武装，因为船长和沃尔特都觉得还是小心为上，唯恐事情并不是看上去那么美好。他们把船帆带上岸，晾在房子和船之间的草地上。这时老人拿来了大家期盼已久的食物，有新鲜水果、乳酪、牛奶、果酒，还有蜂蜜。船员们毫不客气地大吃起来，十分尽兴。

Chapter 06
陈年往事

吃饱喝足之后，船长和一些船员去补给淡水，其他人则在草地上散步。现在只剩沃尔特和老人了，沃尔特便与他攀谈起来：“老人家，我看你应该有不少离奇的故事。刚才你叫我们不要吝惜酒肉，现在要是我询问你的经历，询问你是怎么来到这里住下的，你愿意告诉我吗？”

老人笑着对他说：“孩子，我的故事说来话长，而且我的记性也不大好喽，还有些伤心的往事不愿回想。不过，如果你问我，我愿意回答，必定如实相告。”

沃尔特便问道：“你来这儿很久了吗？”

“是啊，”老人说道，“我年轻时候就来这儿了，那时候我还是一名忠诚的骑士。”

沃尔特又问：“这房子是你造的吗？修建庭院、果园、葡萄园，牧羊放牛，这些活儿都是你做的吗？还是有人替你干活？”

老人道：“这些都不是我做的。在我来以前这里有人住，我继承了他的遗产。这儿像是一座气派的庄园，有一座漂亮的城堡，储满了食物和酒水。”

沃尔特问：“你发现那人的时候，他还活着吗？”

“还活着，”老人说，“不过没多久他就死了。”

老人沉默了片刻，又道：“是我杀了他。虽然他情愿去死，但我其实并不想杀死他。”

沃尔特问：“你是自愿来这儿的吗？”

“也许吧，”老人说，“谁知道呢？我现在每天什么都不想做了。可还是每天在做事，都是习惯使然。”

沃尔特问：“告诉我，你为什么要杀那人？他伤害你了吗？”

老人答道：“杀他的时候，我认定他是要害我，但现在我知道并非如此。当时的情况是我必须要去一个他去过的地方，他却在路上阻拦我。我把他打倒在地，然后就上路了。”

“后来呢？”沃尔特问。

“厄运降临了。”老人说。

沃尔特沉默了片刻，老人也没说话，脸上却浮现出狡黠又略带悲伤的笑容。沃尔特看着他，问：“然后你就走上了那条路？”

“是的。”老人说。

沃尔特说：“你能不能告诉我，那是一条什么样的路，通往何方，为什么你不惜杀死一个人也非去不可？”

“我不能告诉你。”老人说。

然后两人都沉默了，又东拉西扯聊了些无关紧要的话题。

夜色降临，他们都睡得很踏实。次日吃过早饭，大部分人随老人去打猎，他们朝着山崖脚下走了三个小时。山崖上长满了灌木丛、榛子树和荆棘，还疏疏落落地长着几棵大橡树和白蜡树。老人说这里的鹿肉最鲜美。

打猎的过程不一一赘述，老人带领众人找到鹿群的踪迹，叮嘱一番，便与沃尔特一道回去了。沃尔特对打猎不怎么感兴趣，只想与老人攀谈。老人倒也不反感，便带着沃尔特去了一片空旷草原上的一个小山丘。从那处放眼望去，除了树林以外的地方一览无余。他们寻了一块空地躺下来，从那儿一直到悬崖都没有树木，只有一些低矮的灌木丛。不过沃尔特的注意力却在别处，尽管两边的峭壁好像近在眼前而且十分陡峭，有几处是绝壁，唯独有一处岩壁塌陷，使得两边的石崖完全断开。沃尔特看到此处，视线随着山势陡然下落。在那豁口前面有一个石坡，缓缓向上通到石壁塌陷之处。沃尔特久久地注视着这个地方，一语不发。老人问道："怎么了？你看到什么东西了吗？是什么？"

沃尔特说："我觉得，那远处的石坡缓缓向上一直通到峭壁的缺口，那里一定有一条道路通往远方的国度。"

老人笑道："是的，孩子。不过你说错了，这条路是通往熊国的，那些身材高大魁梧的熊人就是通过这条路来和我做生意的。"

"是吗？"沃尔特说着，微微侧身，打量着岩壁。只见那岩壁延伸了几公里后一个急转弯，直通大海。平原渐渐变得狭窄，最终形成一个朝向北方的海湾，而不是像大部分石壁那样朝向西方。在这朝北的海湾之中有一处黑暗的地方，在沃尔特看来就像岩壁上开了个缺口。因为岩壁是一片清冷的灰色，只是略有几条沟壑。

沃尔特开口道："老人家，你看，那地方像是一条通道，通到什么地方呢？"他指着那边，但老人并没有看向他手指的方向，只是垂着头，胡乱应道：

"也许吧，我不清楚。我看那条路也是绕道通往熊国的，通往遥远的地方。"

沃尔特没有说话，这时他突然闪过一个奇怪的念头，老人对这条路的情况有所隐瞒，这条路也许会带他找到那三个奇怪的人。他的呼吸变得急促起来，心脏猛烈地撞击着肋骨，但他强忍着，久久没有说话。最后他开口了，声音十分尖厉，他几乎都听不出来那是自己的声音了："老人家，我要你以上帝和所有圣灵的名义起誓，那条路是否就是你跨过死尸也非走不可的路？"

老人沉默良久，然后抬起头，双目直视着沃尔特，沉声说："不，不是。"然后他们坐下，相对而顾。最终，沃尔特移开目光，但却不知他们两人在看什么，也不知自己身在何方，竟似痴了一样。他知道老人撒谎了，矢口否认这就是自己跨过死尸所走的那条路。待他清醒过来，他不动声色地和老人聊起别的话题，绝口不提那片土地上的奇遇。过了一会儿，他突然说："老人家，我在想一件事。"

"什么事？"老人问。

沃尔特说："那片土地上一定充满了奇遇。如果我们，尤其是我，对此视若无睹，什么都没做就回家，我一定会抱憾终身，因为回到家乡，我的余生将是平淡无奇、碌碌无为的。如果我们去冒险一番，一定十分精彩。"

"冒什么险？"老人支起胳膊瞪着他。

沃尔特说："那条通往东边的蜿蜒小道，就是熊人从熊国走过来找你的那条路，我们可以去看看那儿有什么。"

老人又往后仰，笑着摇头道："你很快会发现，这种冒险就是自寻死路，孩子。"

"是吗？何以见得？"沃尔特问。

老人答道："熊人们会抓住你，把你当作血祭献给他们的女神。如果你们都去，一个都跑不了。"

沃尔特问："真的吗？"

"千真万确。"老人道。

"你怎么知道？"沃尔特追问。

"我曾经去过。"老人道。

"是吗，"沃尔特说，"可你全身而退。"

"你怎么能肯定？"老人问。

"老人家，你还活得好好的。"沃尔特笑道，"我见过你吃肉，鬼魂可没法儿吃肉。"

老人正色道："我能逃出来多亏一名女子搭救，这种事儿不常有。我并非全身而退，我的身体逃出来了，但我的魂在哪儿？我的心在哪儿？我的人生在哪儿？年轻人，我奉劝你别冒这样的险。如果可以就回家，回到亲人身边去吧。再说了，你是孤身一人吗？其他人会阻止你的。”

沃尔特说：“我是少爷，他们都得听我的。再说了，如果我写一份文书，替他们撇清可能会面临的指控，他们会很乐意瓜分我的货物。”

“年轻人啊年轻人！”老人急切地说，“我劝你别自寻死路！”

沃尔特静听不语，仿佛被老人劝服了。然后老人躺下来，絮絮地跟他讲了许多熊人的事情、他们的风俗习惯，两人闲谈了好一会儿。但沃尔特却心不在焉，他认为自己不会同这些野蛮人打交道，但是他也没再敢问起这条路往北所通向的国度。

Chapter 07

悬崖之门

两人正谈着，忽然听到船员们齐声吹响了号角。老人站起身来，说："这号角声说明打猎结束了，吹号角是为了召回分散在林子里的同伴。现在差不多下午五点，你的人就要带着鹿肉回来了，他们肯定希望马上吃到新鲜的鹿肉，我这就去生火，把做饭用的水和其他东西都备好。少爷，你是和我一起过去还是在这儿等他们？"

沃尔特漫不经心地说："我就坐在这里等他们，这是回到你家的必经之路，我肯定不会错过他们。我在这儿也方便指挥，有几个人向来粗野爱打闹，而且大家此时全都因为打猎而热血沸腾，因为踏上绿地而欢呼雀跃，我得在这里约束他们。"沃尔特这样说，好像心里只想着晚饭和就寝的事；可实际上，希望和恐惧在他心里反复斗争，他的心怦怦直跳，他猜想老人肯定也能听到他的心跳声。然而，老人却若无其事地点了点头，一言不发地朝房子走去。

他走了不一会，沃尔特就小心翼翼地站了起来。他随身带着一个袋子，里面有乳酪、鱼干和一小瓶葡萄酒；他还带了一张短弓、一筒箭、一把利剑，以及一柄木刀。他查看了一遍自己的装备，确认没有差错，随即快速向山丘下走去。刚走下山坡，他就看到众人从林子里走出来，而这座小山丘正好可以掩护他不被林子里出来的人发现，他可以从山丘下直奔悬崖之门，那里有一条小路通往南方。

沃尔特小心翼翼地朝着那个方向走去，生怕被老人一回头看到，或是被打猎队伍里哪个掉队的人撞个正着。

不过说实话，要是真被自己人碰见了，他们大概乐得由他去。到处都能看到船员们四处走动，他只好躲进茂密的灌木丛中，不过他已经记下了悬崖之门附近峭壁的方位，不太可能迷路。

没走多远，沃尔特就听到众人又一次齐声吹响了号角。此时他已身在灌木丛中，透过茂密的树枝循声望去，只见众人聚集在山丘上，毫无疑问，他们此刻吹响号角是为了召唤沃尔特。但是此刻沃尔特藏身在灌木丛里，不用担心被人发现。他静静地躺了一会，见众人走下山丘，全都向老人的房子走去，一边走一边还在吹着号角，但却没有分头去寻他，显然众人并不担心他的安危。

于是沃尔特继续朝悬崖之门走去，一路上没什么事发生。天色将暗时，他来到悬崖之门。他没有停歇，径直走了过去。其实那悬崖之门便是悬崖上的一个大缺口，亦可说是一道大裂缝，通往悬崖之门的路上没有山丘，只有一片凌乱的乱石滩。

这片乱石滩可不好走，得费不少工夫才能过去。而当沃尔特走过乱石滩，站在那条小路的路口时，他发现这条路其实并不十分难走，只是一条起伏不平的小路，两旁是巨大的石坡，涓涓细流从小路中间流过。虽然此时天色已晚，沃尔特还是继续赶路直到深夜。夜幕降临后，月亮升起，月色明亮。沃尔特走了很长的路，终于筋疲力尽，他觉得此时最明智的事情就是好好休息，便在几块石头中间的草地上躺了下来，吃了一些小包里的食物，喝了几口小溪里的水。虽然沃尔特也担心遇上危险，可躺下没多久，倦意袭来，他也顾不得再担心什么，沉沉睡去，就像在沙洲上兰顿城里一样。

Chapter 08

走过荒原

沃尔特醒来时天色尚早。他一跃而起，来到溪边喝了点水，又在水里洗去昨夜的风尘，接着继续上路。一路都是上坡路，他走了约莫三个钟头，路渐渐变得越来越陡，然而两旁的山丘地却越来越低，最后完全凹陷下去。沃尔特站在这荒芜的山脊上，这里几乎寸草不生，也没有水，只有路当中溪水流经之处时不时有些湿软的泥地。他必须借助指南针以免走错方向。一路上他只是偶尔休息，吃一点食物来维持体力。这一天晴朗无风，太阳没有被云层遮蔽，于是他凭借太阳来指引方向，往正南方走去。走了整整一天，除了路面时陡时缓，这片广袤的荒原似乎一成不变。太阳落山时，沃尔特来到一个方圆约二十码的浅水塘。这儿可以饮水，虽然他还有余力在天黑前继续赶路，但还是决定在这里休息。

第二天天一亮，沃尔特就醒了，草草地吃了点东西又匆匆赶路。他对自己说，不管前路可能遇到什么危险，至少他已经把自己人甩掉了。

一路上，沃尔特不时看到狐狸，有一次看到过一只奇怪的野兔，此外再没看见一头四条腿的野兽。他还看到寥寥几只禽鸟、一两只乌鸦、一只长翅山鹰，还看见过两次振翅高飞的白头鹰。

第三天夜里，沃尔特还是睡在遍布碎石的荒原上。次日，他越往前走，地势就变得越高。一直走到天快黑时，他才感觉路面似乎不那么陡峭了，其余一切如常，两边都是无边无际的海峡。放眼望去，前方除了荒原还是荒原。第四天夜里，沃尔特在歇脚的地方找不到水喝，他在寒冷的黎明时分因为口渴而醒了过来，只想喝上一口水。

第五天早上，地势趋于平坦。沃尔特走了很久，精疲力尽。时值正午，他渴得嗓子眼儿直冒烟，忽见一块高高的岩石下汩汩流出一股泉水，水流缓缓地蜿蜒流淌。他只顾着痛饮一番，并未留意其他。待他喝了个痛快之后，才看见泉眼中流出的水流，不由得大叫一声。看，水往南边流去了。他满心欢喜地继续赶路，一路上见到越来越多的溪流向着南边流去，于是他便加快了步伐。尽管步履匆匆，他仍能感到地面向着南面倾斜。到了晚上，沃尔特仍然没有走出荒原。他最终累得走不动了，便躺倒在地。月光下，这里看似是一个浅浅的山谷，南边耸立着一条山脉。

沃尔特睡了很久，醒来时日头已高，晴空万里，真是无比明亮清透的一个早晨。他就着溪水，把剩下的一点食物吃掉。

昨晚他就是沿着这条溪流行至此处并在这里过夜的。沃尔特继续上路，对今天是否会出现新的转机，他也没抱太大的希望。在过去三四天里，荒原上的空气和荒原一样，肃杀而荒凉。但走着走着，他仿佛嗅到空气中有什么新的东西，是一种柔软而带有甜味的香气。

沃尔特走了一会儿，开始攀登前面说到的那条山脉。就像其他攀登陡峭山路的人一样，沃尔特紧紧盯住脚下的地面，直到感觉已经爬到山顶，才停下来歇一口气。他抬头环顾四周，看哪！他正处在最广袤的一片荒原的山脊上，脚下是万仞山坡。山势并不像他前几日攀爬的那样平缓，反而十分陡峭，但没有断层或峭壁。在这片荒原之外，他眼前所见的是一片片树木葱茏的山坡、一块块绿油油的平原、一个个小小的山谷，向四面延伸开来，其尽头是一片巨大的蓝色山岭，更远处是白雪皑皑的山峰。

沃尔特喜出望外，一时感到头晕目眩。他不得不坐下来，双手捂着脸定定神。过了一会儿，沃尔特清醒了，站起身来急切地四下眺望，却看不见人烟。但他安慰自己道：这儿离那片草木丰美的土地还远着呢，待完全走出这片荒原，或许就有人烟了。于是他一刻也没有耽搁，继续朝山下走去，因为现在他有盼头了。

Chapter 09

遇见侏儒

沃尔特走了整整三天才最终走出荒原，因为总是有各种因素让他不得不半途折返，比如说，当他遇到陡峭的石峰或高坡的时候，或者遇到无法穿越的沼泽的时候，他不愿以身犯险便只好绕路而行。虽然沃尔特一路上没有缺过水，吃东西也很克制，可是等他走出荒原后才发现，自己原本就不多的食物基本已经见底。但沃尔特并不担心，每到一处他便四处寻找野果，有时也捕猎小鹿或野兔。他随身带着打火石和火棍，可以生火烤肉来吃。一路行来，景色多么优美宁和，沃尔特越来越觉得，马上就能遇到一户人家了。他并不害怕，只是有点儿担心他们会不会把他抓起来。

沃尔特翻过第一个绿草如茵的山坡，他实在太累了，因为三天来他几乎没怎么合过眼。他对自己说，这个时候睡上一觉胜过吃顿肉。于是，他在溪边的一棵栲树下躺下，也没去留意时间，就沉沉地睡去了，一直睡到第二天清晨。可他还是懒得起来，就在半梦半醒间又躺了三个钟头，这才爬起来，继续朝下一个山坡走去。这时沃尔特已经饿得有些虚脱，脚步也放慢了，前面那片乐土散发的香气好像美丽花束的芬芳，吸引着他。

沃尔特来到一处绿树成荫的平地，那儿有各种各样的树，有橡树、白蜡木、甜栗树、榆木、角树，还有花楸。可这片林子里的树并没有长得盘根错节、枝叶缠绕，反而排列得井然有序，堪比国王的御花园。

沃尔特走到一棵高大的稠李树下，只见粗壮的枝丫上挂满了沉甸甸的果实，他大喜过望，拽下一根树枝，采摘枝上的果实充饥。就在这时，沃尔特突然听到一阵奇怪的咆哮声，那声音听来离他很近，不是特别响，却异常恐怖，而且和他以前听过的任何野兽的叫声都不一样。沃尔特并非胆小之人，可连日来的辛劳饥饿、一路上的古怪蹊跷，再加上孤立无援使他感到害怕。沃尔特转身寻找那声音的来源，然而一会他就两股战战，浑身发抖。他左看右看，忽见那个他曾经见过的侏儒此刻就站在他脚边。侏儒仍然穿着黄色外衣，正扬起他丑陋的脸朝沃尔特咧嘴笑。沃尔特大叫一声，昏倒在地。

沃尔特不知道自己像死人一样躺了多久，再次醒过来的时候，侏儒就坐在他身边。他试着抬起头，就听见侏儒又发出了那种骇人的叫声。不过这次，沃尔特能听出这尖厉的叫声中夹着语句，他知道侏儒是在和他说话：

“你怎么样了？你是什么？从哪儿来？你要什么？”

沃尔特坐起来答道：“我是人，我叫戈尔登·沃尔特，来自兰顿城，我需要食物。”

侏儒听了，脸上的表情似是极其痛苦，他讥笑说：“这些我都知道。我问你就是要看看你会不会对我说谎。有人派我来找你，我给你带了些令人作呕的面包，你们外邦人就爱吃这玩意儿，拿去吧！”

侏儒说着，从随身的小包里拿出一块面包塞到沃尔特面前。尽管沃尔特饥肠辘辘，可他接过面包的时候还是有些怀疑。

侏儒吼道：“外邦人，难道你挑食吗？还是你想吃生肉？好吧，把你的弓给我，再给我一两支箭，看来你是个懒鬼，我还是去给你猎只野兔或者鹌鹑吧。啊，我忘了，你确实很挑剔，你不会像我一样吃生肉，必须要用火烤个半熟，或者用热水煮了才肯吃，就像我家夫人一样，跟那个卑鄙的贱人一样——我见过她吃东西，所以我知道。”

“不，”沃尔特说，“面包就很好。”于是他便埋头啃面包，只觉得吃起来甜津津的。他实在太饿了，过了好一会他才又问侏儒：“你刚才说的‘卑鄙的贱人’是什么意思？你家夫人又是哪一位？”

侏儒又发出一声咆哮，好像十分愤怒。他说：“她的脸白里透红，就跟你的脸一样；她的手和你的手一样白，唔，比你的更白；衣服包裹下的身体也和你一样，不过同样更加白一些。这就是我看到的样子，是的，我看到过的，对，对，对。”

侏儒的话变成了絮絮叨叨的胡话和叫喊，他在草地上满地打滚，捶胸顿足。不一会儿，他又安静下来，坐在地上一动不动，接着又发出一阵恐怖的笑声。他说：“至于你嘛，傻瓜，要是落在她手里，你肯定会觉得她很美。但是你将来会后悔的，就像我当初那样。噢，她的嘲笑和戏弄，她的尖叫和泪水，还有她的尖刀！什么！你问我家夫人是哪一位？哦，外邦人，这儿还有什么其他夫人？怎么说好呢？可以说，是她创造了我，创造了熊人，但她并没有创造那卑鄙的东西，那个贱人。夫人恨她恨得咬牙切齿，我也一样。总有一天……”

说到这儿，侏儒停了下来，大喊大叫了好一会，然后气喘吁吁地说：“我说得太多了，要是让我家夫人知道了就不好了。我得走了。”

他又从包里拿出两块面包丢给沃尔特，然后转身走了。只见那侏儒时而直立行走，就像沃尔特当初在兰顿城看到的一样；时而像丢出去的球一样弹跳翻滚；时而又像野兽一样四脚并用；一路上不时发出尖厉恐怖的叫声。

沃尔特一直坐着，直到侏儒走出他的视线。他感到又害怕又厌恶，半天没有回过神来，而且一种莫名的恐惧让他觉得最好先不要动。最终，沃尔特鼓起勇气，检视了一遍武器，把两块面包放进了自己的袋子。

然后他站起来继续赶路，猜想着接下来会遇上什么。说实话，要是接下来遇上的人都像侏儒一样，那可比死还要糟。要真是这样，他必须和他们斗个你死我活。

Chapter 10

遇见侍女

沃尔特继续走在这片景色优美的大地上，此时阳光灿烂，沃尔特吃饱睡好，担忧恐惧都已被他抛到脑后。他愉快地四处闲逛，什么事也没有发生。天黑以后，沃尔特在一棵枝叶伸展的大橡树下躺下，手中握着出鞘的宝剑沉沉睡去，直到第二天日头高照才醒来。

他爬起来继续赶路，前面的路途非但没有越来越荒凉，反而更丰美了。草地更加繁茂，橡树和栗子树更加高大。沃尔特看到这地方有好几种鹿，应该很容易猎到，不过他还有一些面包，所以他没有去打猎，再说他也不太敢生火。但沃尔特的心情还是很不错的，他想，心情好应该不会是什么坏事。即便是那可怕的侏儒，见了他都是客客气气的，向他提供帮助而非加害于他。不过对于侏儒所说的卑鄙的贱人，他还是有点儿害怕的。

沃尔特走了一阵子，此时正是夏日晨光最明媚的时候；他看见前面不远处一圈橡树中间立着一块灰色的石头，他立刻向那边走去。这是沃尔特在这片平坦的土地上第一次看到岩石，当他靠近了一点儿，就看见岩石下面涌出一股清泉，涓涓而下形成一条小溪。这时沃尔特已经能把岩石、清泉以及小溪都看得清清楚楚了。看呐！泉水旁边竟有个人，坐在那块岩石的阴影下。他不由得走得更近了一些，只见那人是个女子，穿着草绿色的衣裳，衣裳的颜色就跟她身下的草地一样。她正伸手拨动涌出的泉水，两只衣袖高高的卷到肩膀，这样她就能把手臂都伸到水里。一双黑皮鞋就放在她身旁的草地上，纤纤玉足和小腿在溪水中闪闪发光。

水花四溅，发出哗哗的声响，所以少女没有听到沃尔特走近的声音，等到她抬头看到沃尔特的时候，沃尔特已经走到她跟前了。沃尔特仔细打量她，正是那一行三人中的少女。少女看到沃尔特，脸上泛起红晕，连忙用长裙遮住腿，再放下袖子遮住手臂，不过她并不慌乱。至于沃尔特，他绞尽脑汁想说句话，可半个字也说不出来，只觉得心怦怦直跳。

然而，少女却开口了，声音清脆甜美，不慌不忙：“你是个外邦人，是吗？我以前没见过你。”

“是的，”沃尔特说，“我是个外邦人，你会友好地对待我吗？”

少女说：“为什么不呢？我一开始吓到了，我以为是王子来了。我没想到会是其他人，因为长久以来，相貌英俊的男子在这里只有他一个，但现在你来了。”

沃尔特说：“那你是特地在这里等我的吗？”

“哦，不，”少女说，“怎么可能呢？”

沃尔特说：“我不知道，但是另外那个人似乎是特地在那里等我的，他好像认识我，还给我带了面包。”

少女焦急地看着沃尔特，脸色渐渐白了，她说：“什么另一个人？”

此时沃尔特还不知道侏儒是什么身份，是跟少女一样的仆人，还是什么其他身份，所以言辞中没有流露出厌恶之意，只是机智地答道：“就是那个穿黄色衣服的矮个子。”

然而，少女闻言脸色唰地白了，头往后倾，双手在空中挥舞。她用微弱的声音说：“求你不要在我面前提到这个人，要是你能忍住的话，最好连想都不要想到他。”

沃尔特没说话，过了一会儿，少女平静下来，她睁开眼睛看着沃尔特，冲他亲切地微笑，仿佛是在为刚才的失态道歉。然后她站了起来，面对着沃尔特。两人之间的小溪很窄，所以其实他们离得很近。

可沃尔特还是焦急地看着她说：“我是不是让你不高兴了？希望你原谅。”

少女用更加甜美的神色望着他，说：“哦，不，你没有惹我不高兴！”

然后她脸红了，他也一样。可是突然间，少女的脸色又变得煞白，一只手扶在胸口。沃尔特焦急地说：“哦，天！我又惹你不高兴了，我哪里做错了？”

“没有，没有，”少女说，“是我自己心神不宁，我也不知道为什么。我心里一直有些想法，可到底是什么想法我自己也不太清楚。可能过一会儿，我就想明白了。现在，请你让我一个人待会儿。等你回来的时候，我可能已经想清楚了，也可能想不清楚。不管怎样，我会把我的想法告诉你。”

少女的语气十分诚恳，于是沃尔特问：“我要走开多久呢？”

少女神色不安地说：“不用太久。”

沃尔特对她微微一笑，转身走到那圈橡树的另一头去了，不过少女仍在他的视线之内。他似乎等了很长时间，但他努力控制自己，他对自己说：免得她又要把我打发走。又过了很久，少女还是没有叫他，沃尔特再一次抑制住回去的冲动。最后，他终于站起身快步走回原处，只觉得心跳加速，身体颤抖。少女仍然站在那块岩石旁边，双手耷拉在身侧，眼帘低垂。她抬眼看着沃尔特渐渐走近，神色急切地对他说：“你回来了我很高兴，虽然你走了没多长时间（其实不足半小时）。不管怎么说，我刚才想了很多事，现在我要讲给你听。”

沃尔特说：“姑娘，这小溪虽然不宽，但毕竟隔在我们中间。能否允许我跨过去到你的身边？这样我们就能肩并肩地坐在草地上。”

“不，”少女说，“现在不行，等我把这些事先告诉你。我现在必须把我的想法说给你听。”

少女的脸色白了又红，手指头不停地揪着衣服上的褶皱。终于，她开口说道：“第一件事就是，尽管你才遇见我不到一个小时，你却已经喜欢上我，把我当作你的知己，你的心上人了。如果你不是这么想的，那算我自作多情，我立刻断了这念头。”

“哦，是的！”沃尔特说，“确实是这样。不过我真不知道你是怎么察觉的。现在，我要对你坦白，你确实是我心之所属，我的心肝，我的宝贝。”

“嘘，”少女说道，“嘘！小心树林里有人偷听，你的声音太大了。我会告诉你我如何得知的。但我不知道你拥抱我之后，是否会继续爱我，你自己也不可能知道，但我真心希望你能继续爱我。因为对我来说，虽然遇见你还不到一小时，我也已经把你当作我的爱人、我的宝贝、我的知己了。这就是为什么我能察觉到你爱我，我的心充满了甜蜜和喜悦。但是我必须告诉你这甜蜜背后藏匿着的恐怖和厄运。”

沃尔特向她伸出双手，大声说：“好，好！不管被什么样的厄运纠缠，至少我们现在知道两件事，你爱我，我也爱你。为什么你不过来呢？让我抱抱你，亲亲你；就算你不愿意让我亲吻你娇美的嘴唇或漂亮的脸颊，至少让我亲吻你的手；是啊，这样我至少能够触碰到你。”

少女平静地看着他，柔声地说：“不，一定不能这样，这正是纠缠你我的厄运的一部分。听着，朋友，我再一次告诉你，你的声音在这邪恶充斥的原野上实在太响了。的确，我们现在明确知道两件事。但是下面我要告诉你的事，只有我知道，你却不知情。要是你能保证不碰我一根手指头，我们就一起往那边走，走过这片卵石，到那开阔的草地上去坐一坐。这里太多遮蔽，说不定有人在暗处偷听呢。”

少女说着，脸色又变得煞白。沃尔特说：“既然非得如此，那么我向你保证，因为我爱你。”

于是少女弯腰穿上鞋袜，轻轻地越过小溪。他们俩肩并肩地走了半弗朗[①]，在一棵细小的花楸树下坐下，四周没有灌木丛或任何障碍物。

少女神情严肃地说："现在我必须要告诉你，这片陆地对任何热爱美好的人来说都是很危险的。说实话，就算我会因为思念你而死去，我也真心希望你平安地离开这里。至于我自己，相较而言我的危险比你小，我是说死亡的概率。你看，这副脚镣表明我是个奴隶，你也知道，奴隶要是不守规矩就得受罚。至于我是谁，怎么来这儿的，这可说来话长，也许以后我会告诉你。我服侍的是一个邪恶的女主人，我对她所知甚少，甚至不清楚她到底是不是人。有些人把她奉为神明，她的神位是继承而来的；当然，没有什么神明比她更残忍、更冷酷。她对我恨之入骨，可是就算她少恨我一点儿或者根本不恨我，对我来说也没多大差别，因为折磨我就是她的乐趣。照目前的情况来看，给我一个了结对她来说非但不是乐趣，反倒是种痛苦和损失。

"所以，就像我刚才说的，她不会要了我的命，除非哪一天她一时激动把我杀了，不过她马上就会反悔的。因为她就是这样的人，如果说水性杨花是她品性中最无害的一部分，那她可算是一个不折不扣的荡妇。她一次又一次地编织情网来虏获俊美的年轻男子，最近一次的猎物（除你之外）就是我刚见到

---

① 弗朗：一弗朗为八分之一英里，约 201.2 米。（译注）

你时所说的那个年轻人，他是一个王子。他仍然和我们在一起，我很怕他，因为最近他厌倦了女主人，尽管女主人天姿国色，但是我想王子还是厌倦她了，所以最近他的眼光老在我身上打转。只要我一不留神，他就想方设法接近我，惹得女主人暴怒。

“我不得不说，他虽然相貌英俊，而且现在也是奴隶，但他完全没有同情心。他一时兴起会帮我把脚镣解开，事后就笑嘻嘻地站在那儿，若无其事地接受女主人的谅解，但我却得不到谅解。现在你明白了，我夹在这两个冷酷、愚蠢的人中间，日子有多难过，更何况还有其他几个我连提也不想提的人。”

说到这里，少女捂着脸哭了起来，喃喃地说：“谁能救我脱离这种悲惨的命运？”

沃尔特大叫起来：“不然我为什么要来这里？我可以啊，我！”

他差一点儿就要把少女揽入怀中，但是他想起了自己的承诺，慌忙退后。沃尔特隐隐明白为什么少女已经不堪重负了，不由得也流下眼泪。

少女忽然停止了哭泣，她调整声音说：“朋友，虽然刚才你说要救我，其实是我要救你。请你原谅，我的痛苦感染了你，可我却不能亲吻你、拥抱你、安慰你。一想到我在这儿受苦受难，其他地方却其乐融融，我曾经一度崩溃。”

少女哽咽着，喘了口气努力控制情绪，然后继续说：“亲爱的朋友，我心爱的人，你要小心留意我刚才说过的，做任何事之前，一定要先想想我说过的话。我想，那怪物是在悬崖之门附近见过你，还给你带了吃的，一定是女主人盼着你来呢；

哦，不，也许整件事就是她设下的圈套，引诱你来到这里。你有没有注意到，好像有什么吸引着你来到这里？”

沃尔特说：“有三次，大白天里我看到那怪物，你，还有一个光彩照人的贵妇从我面前经过。那番景象很真实，好像你们真的在我眼前。”

于是沃尔特简短地讲述了那天从兰顿城港口出发后发生的事。

少女说道：“那么这就不是也许了，我确定你就是她最新的目标，虽然我一开始就是这么认为的。亲爱的朋友，这就是为什么我不能接受你的亲吻或拥抱，尽管我是如此渴望你。女主人引诱你到此处就是为了把你据为己有。她精通巫术（其实我也略知一二），只要你碰到我的嘴唇或手上的肌肤，甚至只要碰到我的衣服，她就能闻到爱情的味道，就会知道你爱我。她或许会饶过你，可她一定不会饶过我。”

她默不作声，神情沮丧。沃尔特也沉默不语，他感到既悲伤、困惑，又无助，因为他对巫术一无所知。

侍女终于又开口道：“不管怎么说，我们不能坐以待毙。你要明白，尽管她还没见过你，可现在女主人渴望的人不再是王子，而是你。你一定要记住我的话。尽管王子不知情，但是他现在应该自由了，愿意喜欢谁就喜欢谁；从某种程度上说，就算我去迎合他也没关系。不过说实话，女主人恨我入骨，就算我对她千依百顺，很可能到头来她还是要刁难我。现在让我好好想想。”

少女沉默了好一会儿，又开口说道：“是的，现在形势很危险，比我设想的还要危险，具体我现在还不能告诉你，所以你也不必浪费唇舌来问我。反正最糟糕的情况是坐以待毙，不会更糟了。亲爱的朋友，我们要是继续待在一起，只会越来越危险。但我还有一两件事要跟你说。你爱上了一个不管发生什么事，都会真心真意对你的人。但她同时又是一个狡猾的人，或许是命运使她不得不这样；为了你的安全，她必须变得更狡猾。至于我这个足智多谋的人，我爱上了一个值得我爱的人，一个真诚、单纯、敦厚的人。要是你能抵挡一切诱惑，那么你的意志力也许能解救我们两个。所以我们两人都得发誓，从现在起要机智、狡黠，直到我们能自由自在地相爱的那天。”

沃尔特大声说：“哦，亲爱的，我真诚地发誓。你对我来说就是圣人，就好像人们常以圣物之名起誓，我现在要以你的纤足、玉手的名义起誓。”

这话在少女听来就好像温柔的爱抚，她咯咯地笑起来，双颊泛起了红晕。她目光如水地看着沃尔特，然后神色郑重地说：“我以你的生命起誓！”

然后她又说：“现在你唯一能做的就是直接去金殿——我女主人的住所，也是这片土地上唯一的屋宇（或许还有别的我没见过的房子），那房子朝向南方，离这儿不远。我不知道她会怎么对待你。但是我告诉你的有关于女主人、关于你还有关于王子的一切都是真的。所以我希望不管你表面上表现得如何，内心务必要保持冷静。如果你不得不屈服，能拖就拖，这样能争取时间，但也不要拖得太久，拖久了倒像是因为害怕而屈服，那就丢脸了。亲爱的，你要好好保重，因为只有你保重自己，我才能免受无可救药的哀痛。要不了多久我们还会见面的，可能是明天，也可能过几天。要记得，那时我已经在按计划行事。你要小心，不要过于关注我，或者说，你要表现得就像在路上看到了一个素不相识的年轻女孩。哦，我心爱的人！这片荒野既是我们初次相识之地，也是我们第一次离别之地。但是我确信，将来的会面会比第一次更美好，而最后的诀别将是很久很久以后的事。”

说完，少女站了起来，沃尔特默默地在她身前不远处单膝跪下但却一言不发，然后他默默地起身离开。他走出一段距离之后，又回过头来，见少女仍然站在那儿。少女伫立在原地，见沃尔特转身看她，这才转身离去。

于是，沃尔特穿过这片美好的绿地继续赶路，心中充满了希望和担忧。

Chapter 11

遇见女主人

沃尔特和侍女分别的时候刚刚过正午，照侍女所说，他借着日头判断方向，迅速朝着南边走去，他就像英勇的骑士奔赴战场一样，仿佛走了很长时间，还没遇到敌人。

还有一个小时太阳就要落山了，这时沃尔特忽然看到橡树丛中有些白色的东西在闪闪发光，接着，一座白色的、大理石建造的华丽屋宇出现在他眼前，上面刻满了花结和图案；雕刻的人物都上了色，栩栩如生；无论是他们的服饰、身体，还是他们所处的房屋，都以金粉描绘，熠熠生辉。屋宇的窗户十分华丽，气派的大门前有一条梁柱支撑的门廊，柱子上刻着人物和野兽。沃尔特抬头望见屋顶闪闪发亮，原来屋顶上铺的瓦片是以黄色金属铸就的，他想那一定是黄金。

沃尔特边走边看，并未流连张望。他想日后一定会有时间再来欣赏一番。但他也暗自赞叹，尽管这座房子并不是最宏大的，但却非世间任何一座房子可比。

沃尔特走进门廊后，来到一间大殿，殿里梁柱林立，拱顶如穹，墙面以金色和天青色涂刷，照映在深色的地板上，流光溢彩。窗玻璃上绘有花结和图画。大殿中间有一座黄金喷水池，泉水沿着两条描金的水道流经两座银色的小桥。

这个大殿很大，并不十分明亮，因此沃尔特走过了喷泉才看见人。他抬头看向高高的宝座，其上发出耀眼的光，晃得他眼花缭乱。他没走几步，就扑通跪倒在地，因为高高的宝座上端坐着的正是那位明艳照人的贵妇，他曾三次见过她的倩影芳容。她佩戴着金饰珠宝，一如沃尔特初见她时一样，但这回她不是一个人，身边还坐着一个年轻人，面容俊朗，衣着华贵，腰间佩着一把镶嵌宝石的剑，头戴一顶珠宝王冠。他们携手而坐，似乎正在亲密地交谈，但他们的声音放得很低，沃尔特听不到他们在说什么。最后那男子扬声对夫人说："你没看到大殿上有个人吗？"

"看到了，他远远地跪在地上，让他上前来，介绍一下自己。"

沃尔特有些自惭形秽，又困惑不解，他起身走到近前，站定后打量着二人，那夫人花容月貌，他又一次惊为天人；那男子身材瘦削，一头黑发，五官线条硬朗。可沃尔特浑然不在意他俊朗的容颜，也不觉得他有王者之相。

夫人没有再对沃尔特说什么，过了好一会儿，那男子问道："你为何不像先前那样跪下？"

沃尔特正要还嘴，夫人开口了："算了，朋友，他是站是跪都不打紧，若他愿意，就说说他有什么要献给我，或者他为何来到此地？”

沃尔特又羞又怒，说：“夫人，我迷路误入此地，来到贵舍。如果您不欢迎我，要把我驱逐出去，我这就走，找一条路离开此地。”

夫人闻言，转过身来打量沃尔特，两人四目相对，沃尔特不由心生畏惧，却又心猿意马。她的声音中不带一丝怒意，却也对他毫不在意，冷冷地说：“新来的，你不请自来，若想在这住上一阵子也行。不过你得知道这儿可不是王宫。这里有个人伺候我（也许还不止一个），你最好不要知道他是谁。除此之外，我只有两个仆人，你以后会见到的，一个是个奇形怪状的东西，他可能会吓到你或伤到你，但没有恶意，除了我，他才没好脾气伺候谁呢；还有一个侍女，是个没用的奴隶，只有逼着她，她才肯为我做些针线女红；不过除了我，没有人能逼她……就这些，不过这些事情对你来说不算什么，或者说，我何必要告诉你这些，我不会赶你走，不过如果他们招待不周，别来找我诉苦，你想走就走。好了，我说得够多了，你也看到了，我和这位王子正说话呢。你是王子吗？”

“不，夫人，”沃尔特说，“我父亲是个生意人。”

“这不打紧，”她说，“你去挑一间卧房吧。”

说完，她便和身旁的男子聊了起来，说到一大早窗沿下的鸟儿就在啁啾鸣叫，又说她打完猎后全身发热，便在林中的水池里沐浴等。她旁若无人地说着，好似这里只有她和王子两人。

沃尔特深感羞辱，愤愤地离去，好像穷小子被富贵亲戚扫地出门一样。他心想，这女人真可恶，根本不值得爱慕，体态妖娆又怎样，他丝毫不动心。

那天傍晚，沃尔特没见到房子里有其他人。精美的餐桌上已经摆好了酒肉，房间里还有高床软枕，一应俱全，却没有仆人来伺候他、欢迎他或提点他。沃尔特也不管，吃饱喝足后倒头就睡，烦心事留待明天再说。他愈发希望明天日出到日落之间能再见到那个和善的少女。

Chapter 12

世界之外的森林

沃尔特一大早就醒了，却无人前来向他问安，也无人在这华丽的居室中走动。他用过早饭，信步走到林中，寻了一条溪流洗了个澡，洗去昨夜的一身疲倦，然后在一棵树下躺了一会儿，但他转念一想，万一那少女来了，两人就会失之交臂，便连忙起身折返那座宅院。

离那宅院半矢之地外有一小片榛树林，周围绿树环抱，这里的树比沃尔特先前见过的橡树或栗树更细小，多为桦树、花楸或白蜡木，间或生长着几棵别的小树。沃尔特穿过树林，走到树林边缘，撞见夫人正与王子携手漫步，似乎情意绵绵。

沃尔特想，此时避过他们不妥，便径直走过他们身边朝大殿走去。他经过王子面前的时候，王子对他怒目而视，但夫人今早似乎心情愉悦，她面容如玉，笑靥如花，瞧也没瞧他一眼，仿佛他是林中的一棵树。不过想到她昨晚那般倨傲，沃尔特也就没放在心上。那两人继续绕着榛树林散步，沃尔特的注意力全都被夫人的美貌吸引了，视线一直追随着他们。

这时他看见了另外一个东西——王子和夫人身后的榛树枝干分叉出一个缺口，那儿站着一个矮小丑陋的怪物。它赤身裸体，披散着棕黄色的毛发，腰上系着一根皮带，插着一把难看的双刃刀。那怪物直立了片刻，目光落到沃尔特身上，便冲他龇牙咧嘴，好像不认识沃尔特。沃尔特也说不清这究竟是他先前见过的那个怪物还是另一个。然后那怪物趴在地上，尾随在夫人和她的情人身后，像蛇一样匍匐着爬过长长的草地。沃尔特憎恶地看着这一幕，觉得那东西看起来很像一只雪貂。

那怪物爬得飞快，很快便消失在沃尔特的视线中。沃尔特盯着它看了一会儿，然后在树林边躺下来，这样就能看到大殿和门口的动静。他想，兴许那个善良的少女会来安慰他一两句。然而一小时又一小时过去了，少女依然没有出现。沃尔特仍然躺在那儿，思念着那心地善良、聪慧过人的少女，想着想着眼泪便夺眶而出。他站起来走到门廊里坐下，心情十分低落。

这时王子牵着夫人的手回来了，他们走进门廊，夫人与沃尔特擦身而过，她衣服上散发出沁人心脾的幽香，她的肌肤几乎要触到沃尔特了，沃尔特很自然地注意到她的衣衫有些凌乱，她用右手掩在胸前合拢衣襟（因王子牵着她的左手），而那华美的衣衫右肩处已经被撕落下来。他们走过沃尔特身边，王子又恶狠狠地瞪了他一眼，一言不发，却更加凶狠。而夫人则和先前一样，根本没有注意他。

过了好一会儿，沃尔特才走进大厅，四下空旷寂静，只有喷泉的淙淙水声，但桌子上已经摆好了食物。他吃喝一番以保持体力。然后，他又走到森林边，翘首以盼。只因善良的少女不在身边，沃尔特觉得时间格外难挨。

当晚，沃尔特不想进屋去睡，打算在林中树下过夜。太阳刚落山，他见到一个衣饰明丽的倩影在门廊的浮雕间走动，这时王子朝沃尔特走来，说道："你进屋去，回你的卧房，天亮之前不准出来。夫人不想见到你夜里在屋子外面晃来晃去。"

说完他就转身回屋了。沃尔特想起少女叮嘱他的要克制忍耐，便一声不响地跟在他身后，进屋睡下。

夜里，沃尔特醒过来，听到不远处传来什么声音。于是他轻手轻脚地溜下床，四下窥视，心中希望是少女来陪他说话。但卧房里漆黑一片，空无一人。他又走到窗边往外看，只见月色皎洁，照在茵茵绿草上。看哪！夫人和王子在月下漫步，只见王子穿着单薄轻佻，而夫人则不着寸缕，只披散着一头天生的金发。沃尔特见她身边有人便不好意思多看，又上床睡下，却久久难以入眠，月色下凝着露珠的芳草地上那一抹倩影总是萦绕在他脑海中。

接下来两天的情形差不多，沃尔特越发难过。因为迟迟不能得偿所愿，他一下子憔悴了许多。第四天下午，沃尔特冒着午后的热浪走到榛树林边，寻了一小块空地躺下小睡，暂时抛开令人疲倦的伤感。没多久他就醒了，耳畔传来人语声，他立刻明白过来，是夫人和王子在交谈。

王子刚刚说完，现在是夫人在说话。她的声音如蜜糖般甜美，低沉但坚定，还略带一丝沙哑。她说："奥托，你最好耐心一点。待我们查清楚这个人的身份，从哪儿来，要除掉他易如反掌，不过是侏儒王一句话的事，几分钟就能解决他。”

“耐心？”王子怒道，“我不知道还要怎么有耐心。我看这小子粗鲁暴力又顽固、出身卑微又狡猾。说真的，那天晚上我对他够有耐心了。我喝令他进屋来，他就像条狗似的，毫无男子汉的气概，对着我都不敢吱声。他跟在我后面，我真想转过身去给他一耳光，看看他会不会因为发怒而说句话。”

夫人笑道：“噢，奥托，我竟不知此事。你认为他胆小怕事，或许这正是他谨慎聪明之处呢。他是个外邦人，远离朋友，却与敌人近在咫尺。我们要试探他是个怎样的人。我劝你可别通过打他耳光来试探他，除非他没有武器，双手被缚。不然，我看你和他交手很快就会败下阵来。”

沃尔特听见她的声音和话语，不由得心潮翻涌。他在这儿孤苦伶仃，这些话听起来十分友好。

但他躺着没动，王子又说：“我不知道你心里怎么看那流浪汉，或许你没有意识到，但你竟然取笑我不如他勇猛。如果你看不上我，就把我平平安安地送回我父王的国家。那里人人对我顶礼膜拜，美人们争相博取我的宠爱。”

说到这，他似乎是伸出手去抚摸夫人，因为夫人说：“住手，别碰我的肩膀。此刻你的手没有充满爱意，而是充满了骄傲、愚蠢和控制欲。不，你也不能现在就走，等你的心情好些了，对我和颜悦色些再说。”

两人静默了一阵子，然后王子哄道：“我的女神，请原谅我！难道你不知道，我是怕你厌倦我，所以才发火吃醋的吗？

世间所有的女王都远不及你，我只是个可怜虫，没有你，我便什么都不是！”

夫人没有答话，王子又说：“我的女神，那个商人之子根本就没有留意过你，或是你的美貌和威严，不是么？”

夫人笑道：“也许他认为，从我们这儿得不到什么好处。他见你坐在我身边，可我们对他说话冷冰冰、凶巴巴的，还瞧不起他。这可怜的小伙子在我们面前晕头转向、自惭形秽。这一点从他的眼睛和神态中就能看出来。”

她温言软语，沃尔特听得又是一阵心神荡漾，突然心中浮现出一个念头：她也许知道我在旁边听的，所以这话既是说给我听的，也是说给王子听的。但是王子回答说：“夫人，你没从他的眼睛里看出别的东西么？他最近才见过某个漂亮女人，你没看出来？照我看，他在来你的金殿途中，可能已经见过你的侍女了。”

他的声音颤抖，仿佛畏惧暴风雨来临。夫人回答的声音变了，语气没有一丝温度，听起来尖锐、急切而又冰冷。她说：“是的，这么想也不为过，不过我们不必总是在意一个奴隶。若事情果真如你所料，下次我们一见她便知。如果她看起来羞羞答答，那么我就要她知道我的厉害。我们可以在金殿的喷泉边盘问她，就像当时在岩石的喷泉边所做的那样。”

王子的声音颤抖得更厉害了：“夫人，盘问那小子不是更好？那侍女心性刚毅，不会很快就把真话招出来的。我看那小子倒是不顶用。”

“不，不，”夫人厉声说，“不能这样。”

她沉默了片刻，才道：“万一那小子比我们厉害怎么办？”

“不会的，我的夫人，”王子说，“你在和我开玩笑吧？你有权势和智慧，凭你的智慧，怎么可能被一个粗鄙的流浪汉打败！”

“但若是我不愿意呢，王子？”夫人说，“我说过我明白你的心意，你却不明白我的心意。你别说了！既然你替那侍女求情——你口里虽然不说，但你颤抖的双手、焦急的眼神、紧皱的眉头，都在为她求情——我看，既然你这样急切地替她求情，这次且饶了她。不过长远来看，这对她未必是好事。你就等着瞧吧，奥托！你一直紧紧地抓着我的手臂，现在你可以放开了。”

沃尔特觉得王子听到夫人的话似是愣住了。他没有答话，站起身缓缓朝大殿走去。夫人躺了一会儿后也走了，但她没有朝大殿走去，而是朝着反方向的森林走去，沃尔特先前就是从那里来的。

沃尔特听得稀里糊涂又满心震惊，他依稀明白了两人话中的狡诈和残酷，不由得愤怒不已。但他告诉自己不能轻举妄动，如今只能装聋作哑，一切等见到少女再作打算。

Chapter 13

狩猎

第二天早上，沃尔特起得很早，但却心情沉重，丝毫也不期待会有什么新鲜事发生。然而，事情就那么发生了。他一进大厅，就看到夫人独自坐在高背椅子上，身上只穿了一件白色的亚麻外套。听到脚步声，夫人转头向沃尔特打招呼，说："走近点，客人。"

于是沃尔特走到近前，夫人又说："虽说你不请自来，我们也不尊重你，可你却没想着要逃离这儿。说实话，你这么做可真是明智之举，因为凭你一己之力不可能逃出我们的手掌心；再说没有我们的帮助，你也不可能离开这儿。不过有件事我倒要谢你，你遵守了我们的命令，四天来苦苦煎熬却毫无怨言。不过我不认为你是个懦夫，因为你体格健壮、眼神清澈而且相貌刚毅。现在我问你，你可愿意做我的侍卫，来换取在这儿的食宿？"

沃尔特起先有些支支吾吾，因为夫人的转变让他大吃一惊。她现在说话的态度是这样友善，俨然就是一位尊贵的夫人对将要服侍她的年轻人说话的态度，充满了尊重。沃尔特回答说："夫人，我谦卑并由衷地感谢您邀请我做您的侍卫。这几天来，我实在厌倦了整天无所事事，没有什么比侍奉一位风华绝代的女主人更好的了。"

她眉头微微一皱，说："你不该叫我'女主人'，这里只有一个人这么叫我，那就是我的奴隶，但你不是奴隶，你应该叫我'夫人'。我很高兴你愿意服侍我，那么今天你陪我去打猎吧。去拿上你的装备，带上你的弓、箭还有宝剑；因为在这片美丽的土地上，有些动物可比鹿或兔子来得凶猛。现在我要去换衣服了，我们得趁早出发，这样才能充分享受这美好的夏日时光。"

沃尔特向她行了个礼，她便起身进了房间。沃尔特收拾妥当后就在门廊上等待，不到一小时，夫人走出大厅。这时沃尔特看到亦步亦趋地跟在夫人身后的少女，他的心狂跳起来，他实在无法控制自己的视线，焦灼地看着自己的心上人。少女的穿着和以前一模一样，只是一看到沃尔特，爱情就使她神色慌乱，她急忙掩饰自己的情绪。然而，女主人却好似没注意到她神色异常，抑或假装没注意到，不一会儿，侍女的脸色就恢复如常了。

接下来的事使沃尔特越发困惑，他曾亲耳听到夫人用轻蔑的口吻说起侍女的奴隶身份，并且对她百般威胁；可如今，她却对侍女和颜悦色，俨然是关系良好的主仆二人。沃尔特向夫人跪下行礼，夫人随即转向侍女，说：“你看，我的侍女，这是新来的帅气的侍卫！你看他是否会在林子里表现神勇？是否聪明过人呢？你难道对他不动心么？他从森林那头的世界，那满是哀伤恐惧和麻烦的世界逃离，来到这平和之地，这儿的女主人和侍女都喜欢他。而你，我的侍卫，看一眼这个窈窕美貌的侍女吧，告诉我你喜欢她么？你没想到能在这偏僻之地遇上这么个美人吧？”

夫人明艳动人的脸上挂着明朗柔和的微笑，好像一点也没注意到沃尔特慌乱的神色，正竭力不去看侍女。不过侍女却已经完全控制住了自己的表情，或者说已经能够利用自己的表情；只见她谦卑且愉快地立在那儿，浅浅一笑两颊泛起红晕，微微垂首，好似因为见到英俊的陌生男子而害羞。夫人看着她，和善地说：“到这来，姑娘，不要害怕这位诚实坦率的年轻人，他可能见了你有点儿拘谨，我肯定他见了我是很紧张的，男人就是这样。”

说着她牵着侍女的手把她拉到怀里，还亲了亲她的脸颊和嘴唇；然后她解开了侍女的长袍的系带，让她露出一边肩膀，还将她的裙子撩起，露出纤足，接着转头对沃尔特说：“侍卫，你看！你不觉得她是粗糙的橡树上开出的娇艳花朵么？什么！你在看那个铁环？这没什么，只是说明她属于我，我离了她可不成。”

接着她扳着侍女的肩膀，开玩笑似的把她转了个身，说：“现在你去吧，去把那两条灰色猎犬带来，我们今天必须带些鹿肉回来，不然这位强壮的勇士只能就着蜂蜜吃面包了。”

于是侍女小心翼翼地离开了，至少沃尔特是这么认为的，因为她甚至没用眼角的余光看他一眼。沃尔特尴尬地待在原地，一方面他实在不明白夫人这种明朗友善意味着什么，另一方面也惊艳于心上人的美貌。他几乎要相信，第一次来到这房子的门廊时看到的一切不过是场噩梦。

正当他呆若木鸡地瞪着前方，纠结于种种思绪之时，夫人哈哈大笑起来，拍着他的肩膀说："啊，我的侍卫，现在你见过我的侍女了，你是不是想在这儿等她，和她说话呀？但是，你可要记得答应过我的话！而且趁现在她走远了，为了你好我得告诉你，不管怎样我今天都要带你去打猎。因为这里有些不太美好的东西，他们有时候也会盯着我那漂亮的侍女。要是我不小心，天知道他们会不会对你拔剑相向，逼你做些什么事。"

夫人边说边走，沃尔特随之稍稍转身，眼角瞥到一小丛栗色灌木，就在这时，他再次看到那黄棕色的怪物从灌木丛中爬出来。然后，那怪物突然转向夫人，他俩视线交接的那一刻，沃尔特似乎看到了某种和爽朗友好截然不同的眼神。这种眼神转瞬即逝，两人瞬间恢复了原样。夫人接着用甜美欢快的声音说："好了，好了，侍卫先生，你现在清醒了吧，请你看着我一小会儿。"

沃尔特看着夫人的脸庞，他知道如果自己不能控制情绪，掩饰自己和侍女的关系，什么都有可能发生在他们身上。于是沃尔特在夫人面前跪下，顺着她的意思大胆地说道："不，最高贵的夫人，如果您要出门，我是绝不会在这等别人的。我说话结结巴巴、眼神迷离，都是因为我为您的美貌而倾倒，为您甜蜜的话语而失神！”

夫人听了这话被逗乐了，但她并没有轻蔑之意：“说得好，侍卫。一个侍卫就应该这样回话。多么美好的夏日早晨，太阳升起来了，照得我们两人连同整个世界都明朗起来。”

夫人说话的时候离沃尔特很近，一只手搭在他的肩上，眼波流转。其实沃尔特刚才说的几乎是实话，确实没有谁比这位夫人更美。她一身打猎的装扮，好似狩猎女神：她身穿绿袍，腰间系着皮带，脚穿一双便鞋，手上拿着一张弓，肩背箭袋。她的身材比侍女更高挑，皮肤更白皙，发色更浅更有光泽，总之，她可称得上是最美最芬芳的花中之王。

夫人接着说：“虽然狩猎还没开始，可我已经觉得你是一个非常优秀的侍卫了，如果打猎时你也表现得同样优秀，甚至格外出色，我会很高兴让你住下来。看！我们的侍女带来了那两条优秀的灰色猎犬。你迎上去，牵好猎犬的皮带，我们马上出发。”

只见侍女牵着两条大猎犬走来，一路竭尽全力地拉住拴狗的皮带。他小跑着迎上去，心想侍女是否会看他一眼或者对他低语两句；然而，侍女只是让他接过了手中的皮带，含羞带笑地经过他身边。只见她微风拂柳般轻轻走到夫人身边站住，手臂垂在两侧。夫人转过来看着她，说：“你自己看吧，我的侍女，隔着一段距离好好看看。你实在不必害怕这个英俊的年轻人，他是个诚实善良的人。至于你该怎么面对国王的儿子，我就不清楚了。他确实是个火热的情人，可也是个冷酷的男人，加上他脾气暴躁，对你我都是个威胁。如果你顺从他的意思，那对你是个灾难；如果你不愿意顺从，你就要多加小心，让我，也只能由我，来从中调解。我会帮你的。昨天他还挑唆我用处置奴隶的办法来责罚你，不过我叫他再不要说那种话，还狠狠地嘲弄了他一番，结果他怒气冲冲地走了。你得小心点，不要落入他布置的圈套。”

侍女听完俯身亲吻女主人的双脚，当她站起身时，女主人把手轻轻地放在她的头顶，一边让她转头看沃尔特，一边大声说：“现在，侍卫，让我们抛却所有烦恼、诡计和欲望，像古时候的勇士那样，到那令人心旷神怡的树林中去吧。”

说着，她提起长袍的下摆，露出白皙的膝盖，快步向房子南边的树林走去。一方面，沃尔特跟随其后，被她的美貌倾倒；另一方面，沃尔特丝毫不敢转身看侍女，因为他知道，侍女正思念着他。要想逃离这个充满阴谋诡计的地方，侍女是他唯一的希望。

Chapter 14

猎鹿

两人走着走着，周围高大繁茂的树木渐渐不见了，低矮的灌木却越来越多。就在一丛灌木旁边，他们发现了一头雄鹿，沃尔特马上放出猎犬去追，夫人则紧随其后。她跑得超乎寻常的快，而且几乎无声无息，这让沃尔特感到大惑不解。只见夫人急切地追赶着，速度不逊于猎犬，她越跑越快，丝毫不在意周围带刺的荆棘和皮鞭似的小树枝。可是尽管他们全力以赴地追踪猎物，雄鹿还是领先一步，逃进了一大片树林。树林正中有一个大水潭，两人追了过去，只见雄鹿正渡水游向对岸。等到两人终于摆脱脚下纠缠的灌木，雄鹿早已游到对岸，于是他们只好放弃。

夫人一下子躺倒在水边的绿茵上，沃尔特则吹口哨唤回了两只猎犬。他转身正要回到夫人身边，却见夫人因为丢了猎物在抹眼泪。沃尔特再一次感到大惑不解，这么一点小事不至于伤心到掉眼泪吧。可是他不敢多问，也不敢贸然上前去安慰，只好呆立在原地看着她美丽的身影。

过了一会儿，夫人抬头看向沃尔特，生气地说："侍卫，你为什么像傻瓜一样站在那儿盯着我？"

"夫人，"他说，"看到您我就成了傻瓜，其他什么也不会了，只会呆呆地看着您。"

夫人愠怒地说："侍卫，现在可不是花言巧语的时候，这种话彼时让人受用，此刻却不合时宜。不过，我比你想的还要了解你的心。"

沃尔特涨红了脸低下头，夫人看着他，脸色和缓了不少，她微笑着柔声说："你看，侍卫，我又热又累，心情也很糟，不过很快就会好起来。在这夏日正午，清凉的湖水一定十分惬意，等我心情好了就会忘记刚才的挫折。所以，你带着猎犬到树丛外面去候着吧。我命令你走的时候不许往后看，不然你就会有麻烦。我不会让你久等的。"

沃尔特向她点了点头，转身走到不远处等候。他现在真心觉得这位夫人是个奇女子，他几乎忘了所有对她的怀疑和畏惧，不去想那美丽的外表下是否满是阴谋诡计，也不去想她是否是个披着美女皮囊的怪物。说实话，当沃尔特看到夫人触碰他心爱的少女时，他心里十分反感，觉得她像一条蛇一样缠上了他的心上人。

但现在一切都变了，沃尔特躺在草地上盼着夫人出现，就这么等了一个多小时。最后夫人终于来了，脸上带着盈盈笑意，绿色的长袍垂到脚后跟。

沃尔特跳起来迎接她，她走到近前笑着说："侍卫，你的包里有没有带吃的？先前你饥肠辘辘的时候，我给了你食物，现在你拿些吃的给我吧。"

他微笑着向她鞠了一躬，从包里拿出面包、肉和酒，铺在面前的草地上，然后谦卑地站在一旁。可是夫人却说："不，我的侍卫，坐下来和我一起吃，因为今天我们俩都是猎人。"

于是沃尔特战战兢兢地坐在她身旁，不过，这既不是因为敬畏她的权势，也不是因为畏惧她的诡计和巫术。

两人坐在一起吃完饭，夫人和沃尔特谈起世界各地、风土人情，还谈到沃尔特一路来的旅程。

最后夫人说："你跟我讲了很多事，我的问题你也答得很机智，真是一个称职的侍卫，我很高兴。现在和我说说你出生和成长的城市吧，到现在为止，你还没跟我说过你的家乡呢。"

"夫人，"他说，"我的家乡是一个漂亮的大城市，很多人都喜欢那儿。但我已经背井离乡，现在那个地方对我来说什么都不是了。"

"你在那里有亲人吗？"夫人问。

"有，"沃尔特说，"可是也有敌人，还有一个虚情假意的女人，她毁了我的生活。"

"她是什么人？"夫人又问。

沃尔特说："她就是我的妻子。"

"她漂亮吗？"夫人说。

沃尔特盯着她看了一会儿，然后说："我本来想说她和您一样漂亮，但那是不可能的。不过她算得上漂亮。善良优雅的夫人，我很奇怪您为什么问我这么多关于沙洲上的兰顿城的事情，我生在那里，我的亲人也住在那里，我想您知道那个地方。”

“我知道那个地方？”夫人说。

“怎么！您不知道吗？”沃尔特问。

“你以为我像个生意人一样环游世界，周游各国商埠吗？”夫人回答时口气有了几分原先的轻蔑，“不，我住在世界之外的森林，没去过其他地方。你为什么认为我知道那地方？”

沃尔特说：“夫人，如果我说错了，请您原谅。但事情是这样的：我曾在家乡亲眼见到过你们，我看到你们下了码头，登上一艘大船，然后那艘船就从港口出海了。走在最前头的是个奇怪的矮人，就是我在这里看到的那个，然后是你的侍女，最后是美丽优雅的夫人您。”

夫人听了他的话，气得咬牙切齿，脸色一阵红一阵白。她强忍怒火说：“侍卫，我看你既不是骗子也不是傻子，所以我相信你确实看到过我的影像。可我从来没去过兰顿城，我是刚才听你说了才知道有这个地方的。一定是我的敌人施法让我的幻象显现在那里。”

“是吗，夫人，”沃尔特说，“什么敌人会这么做呢？”

她迟疑了半天，最后嘴唇颤抖着愤怒地说：“你看不出来吗？都说家贼难防，要是让我掌握了证据知道是谁做的，我绝饶不了他。”

接着夫人又是一阵沉默，盛怒之下，她的双手攥得紧紧的，四肢肌肉紧绷。沃尔特见状有些害怕，心头又浮起对她的疑虑，暗自后悔跟她说了太多实话。但是不一会儿，所有烦恼和愤怒似乎都消失了，夫人又是一副开心的样子，温柔地对沃尔特说："不管怎么说，我的侍卫，我的朋友，我要感谢你告诉我这些事。当然，我不是在生你的气。再说，不就是那些幻象把你带来这里的吗？"

"正是，夫人。"沃尔特说。

"那我们要感谢那些幻象，"夫人说，"我很高兴你来到我这里。"

说着她向沃尔特伸出一只手，沃尔特单膝跪下接过她的玉手吻了一下。他只觉得脑子一热，眩晕不已，不禁低下头再次亲吻夫人的手，亲了又亲，然后是手腕、手臂，飘飘然不知身在何处。

然而，夫人抽身而退，站起来对他说："时候不早了，要是我们想有所收获，就必须抓紧了。所以，侍卫你快站起来，牵着猎犬跟我来。离这不远有一小片树林，那里鹿最多，大大小小的都有。我们走吧。"

Chapter 15

屠狮

他们静静地走了半英里地，夫人让沃尔特和她并肩而行，而不是像一般侍卫那样跟在她身后。她时不时地触碰一下沃尔特的手，示意他看那些飞禽走兽、花草林木。夫人体香袭人，一时间沃尔特满脑子都是她。

两人来到那片树林旁边，夫人转向沃尔特说："侍卫，我的猎术不错，你要相信我，我们不会再次受辱。我会见机行事，你张弓搭箭，在这儿等我，不要乱走。我自己进林子里去，不带猎犬。我去把猎物驱赶出来，然后就看你能不能射得准了，要是射准了我会奖赏你的。"

说完，夫人撩起裙摆系上腰带，手持弯弓，从箭袋中抽出一支箭，轻手轻脚地走进森林中，沃尔特痴痴地看着她的背影，听着她踩在干枯树叶上发出的沙沙声以及她穿过树林时的簌簌声。

过了几分钟，沃尔特忽然听到林子里传来一声急促的尖叫声，像是女人的声音，他一边心想，一定出事了，一边迅速跑进树林，没有惊动任何东西。

没跑多远，沃尔特就看到夫人站在一小块空地上，脸色苍白，双膝并拢，身子摇摇欲坠；她的双手下垂，弓箭掉落在地上。她前方十码处有一只头颅硕大的黄色狮子，正压低了身子缓缓地向她逼近。

沃尔特立刻停下脚步，一支箭已经搭上弓弦，同时手指上还勾着另一支箭。他抬起右手，倏地松开弓弦，箭堪堪擦过夫人的身侧，直穿过树林，像一道霹雳般深深射入黄狮的后肩，狮子咆哮一声，转头去咬箭杆。沃尔特立刻又射出一箭，然后扔下弓，拔剑上前，狮子翻滚着，却无力往前爬。沃尔特小心翼翼地走上前，一剑刺穿了狮子的心脏，然后往后一跃，以防这野兽最后一搏。狮子挣扎了一会儿，渐渐没了声息，一动不动地躺在地上。

沃尔特面对狮子站了一会，然后转身去看夫人，只见她已瘫倒在地，悄无声息地蜷缩成一团。现在狮子已经死了，沃尔特跪在夫人身边，抬起她的头，请她起来。不一会儿，夫人的手脚舒展了，躺在草地上，就像睡着了一般，她的面容恢复了血色，表情柔和，略带笑意。

她就这样躺着，沃尔特则坐在她身旁看着她。过了一会儿，夫人终于悠悠醒转，睁开双眼坐起来，她笑着问："刚才发生了什么事情，侍卫？我睡着了，做了个梦。"

沃尔特没有回答，直到夫人终于回想起来。她站起身来，面容苍白，浑身瑟缩，说：“我们快离开这片森林，我的仇人在这里。”夫人带着沃尔特匆匆走出树林，来到他们留下猎犬的地方，只见两只猎犬焦躁不安，不时狂吠几声。沃尔特立刻套上它们，夫人没有停留，匆匆往回赶，沃尔特紧随其后。

走了好一段路，夫人终于停下匆忙的脚步，转身对沃尔特说：“侍卫，你过来。”沃尔特依言上前，夫人说：“我又累了，我们在这棵花楸树下坐一会儿，歇歇脚。”于是他们坐下来，夫人盯着自己的双膝间看了一会儿，终于开口问：“你怎么不把狮子皮带上？”

沃尔特说：“夫人，我这就回去，把狮子皮剥了带回来。”他刚一起身，夫人却一把抓住他衣裳的下摆，拉他坐下，说：“不，你别走，你陪着我，快坐下。”

沃尔特依言坐下，夫人说：“你不要离开我，我很害怕，我不习惯面对死亡。”说着，她的脸色又变得苍白，一只手抚着胸口，静坐着没再说话。

过了好一会儿，她笑着对沃尔特说：“我在危险的仇敌面前，表现得怎么样？”她边说边把手放在沃尔特手上。“高贵优雅，”沃尔特说，“您一如既往的美丽，不过我非常担心您。”

夫人没有把手挪开，她接着说：“英勇诚实的侍卫，我说过我进了树林以后，如果你能杀掉猎物，我就会奖赏你。现在狮子死了，虽然你没有把皮剥下来，但还是可以讨赏，不过你得好好想想你要什么。”

沃尔特感到一团温香软玉搁在自己手上，在午后的烈日下，她的体香混合着森林的芬芳，令他心猿意马。沃尔特差一点就脱口而出，求她放侍女自由，然后他可以带着少女去其他地方。夫人目光灼灼地盯着沃尔特，正当他左思右想之际，夫人忽地把手抽开，沃尔特又疑又怕，把话咽了回去。

夫人开心地笑了，说：“英勇的侍卫害羞了。他害怕一位女士胜过一头狮子。如果我命令你亲吻我的脸颊，可算是奖赏？”说着夫人把脸凑过去，沃尔特受宠若惊，吻了她一下，然后呆呆地看着她，不知道明天会有什么事情发生在自己身上。夫人站起身来，说：“走吧，侍卫，我们回家吧。别不好意思啦，还有别的奖赏呢。”

两人静静地走着，到家时太阳都快下山了。沃尔特四下张望，但没见到侍女。这时夫人说：“我回房了，你今天的任务完成了。”说完，她友好地向他点点头，径自回房去了。

Chapter 16

王子与侍女

至于沃尔特，他又走出金殿，慢慢穿过草地，一直走到林子边缘。他藏身于茂密的树丛中，因为在这隔绝隐蔽之处，他才能好好想想自己的处境。沃尔特躺在茂密的枝叶下，却不能集中注意力思考接下来几天会发生什么事。两个女子和那个怪物的影像不时浮现在他的眼前，恐惧、渴望还有求生的希望在他脑中反复交织。

就在这时，沃尔特听到脚步声越来越近，便透过树枝看去。虽然太阳刚落山，但还是可以清楚地看到一男一女手牵手缓缓走着。一开始他以为是王子和夫人，现在他终于看清了，其中一个的确是王子，可是和他手牵手的却是侍女。王子的眼中闪耀着渴望，而侍女的脸色却非常苍白，不过她说话的声音还比较镇静，她说："王子，你以前经常威胁我、欺负我，这次你又在威胁我，态度还是很恶劣。不管之前你有什么理由待在这儿，如今你已经没理由留下。因为我的女主人，那个你厌倦了的人，也渐渐厌倦了你，所以恐怕现在引诱你爱上我并没有多大意思；要知道，那个陌生人来这里之前，她可不是这样的。我只能说，我只是一个奴隶，贫穷而无助，夹在你们两个高贵的人之间，除了按你的意思办我别无选择。”

她一边说一边四处张望，痛苦和恐惧让她忧心如焚。沃尔特又气又悲，险些按捺不住要拔剑冲向王子。但是他清楚，如果他这么做，侍女一定会前功尽弃，他自己也会前功尽弃，所以尽管难以忍受，他还是克制住了。

侍女这时其实站得离沃尔特很近，大约只有五码，沃尔特不知道从她的位置她能否看到自己。至于王子，他的全副心思都在侍女身上，贪恋着她的美貌，其他一概看不到。

就在这时，沃尔特看到在两人对面的草丛中，有个丑陋的黄褐色东西。这东西要不是野鸡、貂之类的野兽，就一定是那个骇人的侏儒，或是他的同类，沃尔特看得毛骨悚然。这时，王子对侍女说："亲爱的，我接受你给我的礼物，我再也不会威胁你了，虽然你以前总是对我不太亲切友好。"

她对王子勉强一笑，眼神却游离憔悴。"我的主人，"她说，"女人不都是这样吗？"

"好吧，"王子说，"即便如此，我还是接受你的爱。你再对我说一遍，你不爱那个新来的小子，除了今天早上和夫人一起的时候见过一面，你之前没见过他。光说不够，你还得发誓。"

"我要以什么名义发誓呢？"她问。

王子回答说：“你就以我的名义发誓吧。”说着他靠近她，侍女把相握的手抽出来按在他胸前，说：“我以你的名义发誓。”

王子高兴地笑了，揽过她的肩膀，在她脸上亲了又亲。然后他站得稍远一些，说：“我收到了一份大礼。告诉我，我什么时候能去找你？

她清晰地说：“最迟三天之内。明天或者后天我会告诉你具体日期和时间。”

他再次亲吻了她，说：“可不要忘记，不然我还是会威胁你的。”

于是王子转身朝金殿走去。愈见浓厚的暮色中，沃尔特看到那黄褐色的怪物跟在他身后爬走了。

侍女站在原地好一会儿，一动不动地看着王子和他身后的怪物。然后她转过身来面向沃尔特藏身之处，轻轻地拨开树枝。沃尔特一跃而起，两人就这么面对面地站着。侍女轻声却急切地说：“朋友，不要碰我！”

沃尔特没说话，但厉色地看着她。侍女问：“你在生我的气？”

沃尔特还是没说话，她就说：“朋友，我要祈求你，请你不要拿生与死、幸福与痛苦来开玩笑。你难道忘了不久前我们向对方许下的誓言了？还是你以为才这么几天我就已经变心了？你还和以前一样为你我的未来而忧心吗？如果不是，现在就告诉我。不管谁亲吻了我不情愿的嘴唇，也不管你亲吻了谁的嘴唇，我还是认为我们都没有变心。但如果你已经改变心意，不愿意继续爱我，不再渴望我，那么我就用这把刀（她从腰带里抽出一把尖刀）杀了那个让你恨我的妖妇和那个懦夫，朋友，我的朋友，我相信我能够做到。然后就听天由命吧！然而，如果你没有改变，仍然守着我们的誓言，那么不久以后，我们就能远离这些阴谋诡计，抛开悲伤；我们会享受长长的人生和大把幸福的时光，尊严体面地死去。噢，我亲爱的人，我的朋友，平生第一个朋友，只要你愿意照我说的去做。”

沃尔特望着她，胸膛起伏不已，心中全是她的柔情蜜意，不由得垂下泪来，向她伸出双臂。

她满心欢喜地说：“现在我明白了，你守住了誓言，我也是。这对我来说太痛苦了，我无时无刻不想牵着你的手，抱着你，亲吻你的嘴唇，但我别无他法。亲爱的，即便我们不说话，只是这样长时间地站着也让我害怕，因为有个可恶的眼线一直跟着我。他现在跟着王子往金殿去了，但是他尾随王子到那以后就会折回来，所以我们必须分开了。不过应该还有时间说一两句话。首先，我跟你说的拯救我们彼此的计划正在进行，但我不敢，也没有时间把计划全盘告诉你。只有一点我要对你说，虽然我的女主人精通巫术，但我也略知一二。有一样本事她不会，那就是将一个人完完全全易容成另一个人。是的，我能让一个人看起来就完全是另一个人的样子。接下来的你要做的就是，不管我的女主人叫你做什么，你都一一照办，不要拒绝她，除非你觉得拒绝反而能取悦她。往后你要是看到我，即使没有旁人，你也不要和我说话，也不要给我暗示，直到我弯腰用右手触碰我脚踝上的铁环。如果我那样做了，你要一直待在那不要走，一直等到我开口说话。亲爱的朋友，在我们各自离去之前，我最后要和你说的是等我们自由了，等你知道我所做的一切之后，请不要把我看作邪恶狡诈的坏女人，不要觉得不值得与我为伴，因为你很清楚我的处境异常艰险，有别于其他女子。我听说要是一个骑士去参战，靠着锋利的宝剑和狡诈的计谋战胜了敌人，那么他凯旋后，家乡的人们会赞美他、祝福他，为他戴上花冠，还会在教堂当着上帝的面夸赞他，因为他拯救了他的朋友、父老乡亲以及整个城市。所以你又凭什么薄待我呢！我都说完了，亲爱的，再见了，再见！”

于是她转身快速地朝金殿走去，不过似乎绕了个圈子。侍女走了以后，沃尔特跪下来亲吻她刚才站立的地方，然后他也起身朝金殿走去。他走得很慢，时不时停下脚步。

Chapter 17

林中嬉戏

第二天早上，沃尔特在金殿周围闲逛了一上午。约摸到了中午，他拿上弓箭，走进森林里朝北边走去，准备给自己猎些野味。他走了很远才射到一头小鹿。这时，一天当中最热的时候刚过，沃尔特坐在一棵高大的栗子树下休息。他环顾四周，看见山下有一个小山谷，一条可爱的小溪蜿蜒流过。他想去洗个澡，于是他走下山谷，享受在溪水中沐浴的乐趣和两岸杨柳依依的美景。他光着身子在溪边的草地上躺了一会儿，悠然地看着树荫摇曳的光影，习习微风拂过水面，掀起阵阵涟漪。

然后沃尔特穿上衣服，沿着草地向山坡上走，没走几步就看到一个女子从下游朝他走来。那女子弯下腰，伸出双臂，仿佛要握住自己的脚踝。沃尔特乍一看，还以为是侍女，激动得心都快从嗓子眼里跳出来了。可是再定睛一瞧，原来是女主人。她站着不动，看着他，沃尔特猜想她是示意自己过去，于是便向她走去。待他走近，便有些害臊起来，因为夫人只穿着一袭深灰色的丝绸长裙，中间绣着团团花纹。那裙子薄如蝉翼，风一吹便露出她的玉体，绣花像水波一样在她身上流动。夫人粉面含笑，柔声说："日安，我英勇的侍卫，遇到你真好。"她对沃尔特伸出手来，沃尔特屈膝跪下，吻了吻她的手，仍然低头跪在地上。

夫人扑哧一声笑了，弯下腰肢伸出纤纤玉手搭在他的手臂上，将他拉起来，问道："我的侍卫，你怎么像拜神一样向我下跪？"

沃尔特颤声说："我不知道，或许您就是神，我怕您。"

"什么！"夫人说，"怎么你今天见了我反倒比昨天更怕我？"

沃尔特说："是的，现在您衣不蔽体，我想打旧时代起就没有人穿成这样了。"

夫人说："你猎杀了狮子，救了我一命，还没想好要向我讨什么赏吗？"

"噢，我的夫人，"沃尔特说，"我堂堂男子汉大丈夫，就算换做是其他女士或穷苦人，我也会救他们的。别再提赏赐了，再说，（说着，他的脸红了，声音也颤抖了）昨天您不是已经给了我一个甜蜜的赏赐吗？我岂敢再要什么？"

夫人没有说话，目光灼灼地盯着沃尔特，沃尔特被她看得脸都红了。夫人突然暴怒，她涨红了脸，拧起眉头，怒气冲冲地说："你什么意思？我越来越觉得你看不起我的赏赐了！你，一个外邦人，一个流浪汉，一个来自没有森林的世界的愚蠢匹夫！我风情万种，我聪慧过人，我能让我爱的人在这片荒野上快活销魂，胜过世上任何王国和城市——而你！啊，但这都是我的仇人干的好事，让老实人也变得滑头起来！虽然你为此吃了苦头，我又为你吃了苦头，但至少我还占上风。”

沃尔特站在夫人面前，低着头，伸出双手，似乎在祈祷她平复怒气，实则是在思索着该如何作答，因为现在他不光为自己担忧，也为侍女担忧。最后他抬起头来，勇敢地说：“不是这样的，夫人，我懂您的意思。然而您第一次‘欢迎’我的情景令我难以忘怀。您说我出身微贱，是个无名小卒，连碰您的衣摆都不够格；又说我过于鲁莽，对您心怀不轨。这些都不假，您生我的气是我活该，但我不会请求您原谅我，因为我必须这么做。”

这时，夫人平息了怒气，心平气和地看着他，似乎能看穿他内心最深处的心思。她的脸色又由阴转晴，双手合十，大声说：“你说什么傻话！昨天我见识了你的英勇，今天又看到了你的善良。要我说，在那些世俗愚蠢的贵族妇人眼中，你恐怕不够优秀。但在我看来，你足够优秀，为人聪明又英勇可爱。你说我第一次见到你时看不起你，你可别怀恨在心，我那时不过是拿话激你，现在你已经证明了自己很优秀。”

沃尔特再次跪倒在夫人面前，抱着她的双膝。于是夫人再次将他扶起来，双臂揽着他的肩头，与他耳鬓厮磨，又吻了吻他的唇，说：“好了，以往你我的种种不快都一笔勾销了，咱们的快活日子来了。”

说着，她收敛笑容，神色变得肃然，她此时看起来既庄严、优雅又亲切，她拉着沃尔特的手说：“你也许觉得我在森林金殿里的卧室布置得过于富丽堂皇了，因为你不嗜奢华。今天你在这里见我算选对了地方，因为在溪流对岸有一处令人心旷神怡的树荫，说老实话，不是每个来到这片土地的人都能找得到。到了那儿，你就把我当成你们国家的一个乡下姑娘，你就不会局促不安了。”

说着，她的身子便贴了过来，不管沃尔特情愿与否，她甜美的声音骚动着他的灵魂，她快活而满意地看着他。

他们走到沃尔特刚才洗澡的地方，从那里涉过溪流，不一会儿便来到一道高高的篱笆前，那里有一扇简陋的门。夫人推开门，两人进入了一个种满了花草的地方，这里犹如一座美不胜收的花园：蔷薇和忍冬爬满了篱笆，椴树开花，一丛丛百合与丁香紫罗兰之间是茵茵绿草铺成的长道；还有其他鲜花吐芳争妍。他们刚走过的溪流的一条支流蜿蜒流过花园，园中有一座小木屋，屋顶铺着黄色的稻草，似乎刚刚建好。

沃尔特左右张望，先是啧啧称奇，然后又猜想接下来会发生什么。可是当他看见夫人站在美丽的花园中，就无法专心思考。她现在变得这么温柔可亲，在他面前甚至还有些羞怯，沃尔特几乎不知道自己握着谁的手，也不知道是谁的酥胸贴在自己身上。

二人四处漫游，直到天色欲晚，这才回到凉爽幽暗的金殿。他们似一对真心实意的恋人般嬉戏，情意绵绵，不惧明天，彼此之间毫无敌意和杀意。

Chapter 18

侍女与沃尔特相会

翌日，沃尔特一觉醒来，发现身边没有人。此时日头已高，他起身后从花园这头走到那头，把花园走了个遍，也没看到半个人影。尽管他渴望见到夫人，但对于可能发生的事情，心里又难过又害怕。他找到了昨天走过的那道门，穿过那道门来到小山谷中。然而，他刚走出一两步后回头去看，却不见了花园或篱笆，先前见过的一切都没了踪影。沃尔特皱着眉头，站在原地琢磨这事儿，心情变得沉重起来。他继续往前走，趟过河，还没踏上对岸的草地，就看到一个女子朝他走来。起初他还沉浸在昨日那奇妙花园中的艳遇里，以为来的是夫人。那女子停下脚步，弯下腰，伸手握住右脚踝，沃尔特这才认出是侍女。他走过去，见她神色不似上次那么悲伤，反而面颊羞红，眼如秋水。

沃尔特朝侍女走去，她也迎上前一两步，伸出双手又缩回去，笑盈盈地说：“啊，我的朋友，这是我最后一次对你说这话了，别碰我，别碰我的手，只能碰我裙子的下摆。”

沃尔特心下大喜，含情脉脉地看着她，问：“为什么，发生什么事了？”

“噢，我的朋友，”侍女说，“是这么回事。”

然而当沃尔特看着她的时候，她的笑意突然散去，嘴唇变得苍白，她朝左边看去，那正是小溪的方向，沃尔特顺着她的目光看去，一眼就看到那个黄色畸形的侏儒藏身在一块灰色岩石后面探头探脑地窥视着，一眨眼就不见了。侍女面朝沃尔特，背对溪流，虽然面色惨白，说话却依然清楚平稳，语气坚定：“我的朋友，是这么回事，我们不必再压抑彼此的爱意，今晚午夜前一个钟头，到我的房间来（就是你的房间对面的红色房间，不过你不知道），我们的悲伤就要结束了。现在我必须走了，别跟着我，记住我的话！”说完，她转身像一阵风一样沿着小溪匆匆离去。

沃尔特站在原地，不明白这究竟是福是祸。他知道侍女因见到那丑陋的侏儒而吓得面色苍白，却仍然把要说的话一吐而快。他大声对自己说：“不管发生什么，我都会赴约。”

然后沃尔特一把拔出宝剑，环顾四周，看看能否发现那怪物的踪影，可是除了草地、溪流和山谷中的灌木丛，他什么也没看到。于是沃尔特手握宝剑爬上山谷的草地，他只知道这一条去金殿的路。待他爬上山顶，夏日的微风轻轻拂过他的面庞，他看到一个绿草如茵的山坡，四面长满了郁郁葱葱的橡树和栗树。沃尔特感受着大地勃勃的生机，精神为之一振，他握紧了手中的宝剑，感到自己充满了力量和渴望，世界仿佛对他敞开了怀抱。

沃尔特笑了笑，笑容有些冷峻。然后他插剑归鞘，朝着金殿走去。

Chapter 19

沃尔特取狮皮

沃尔特穿过微凉的暮色来到门廊，朝大厅望去，他看到喷泉之上隐隐闪着金光。等他走到喷泉旁边的时候，他抬头朝高高的宝座上看去，看呐！夫人穿着女皇般的华服坐在上面。她叫住了沃尔特，沃尔特走上前去，夫人态度矜傲地向沃尔特问好，好像沃尔特只不过是她忠诚的仆人。“侍卫，”夫人说道，“我们应该要取回你昨天杀死的狮子的皮，用来做脚垫。所以你去取吧，带上你的木刀，剥下狮子皮把它带回来。这就是你今天的任务，所以你可以慢慢来，不要累着自己。祝你顺利。”

沃尔特在她面前跪下，夫人只是微微一笑，并没有伸手让沃尔特亲吻她的手背，也没有多留意沃尔特。沃尔特忍不住惊异地想，这真的是那个前一晚躺在他臂弯里的那个她么。不管怎么说，沃尔特还是朝当日杀死狮子的那片森林走去，他下午才到达，那正是一天当中最热的时候。沃尔特走进森林，来到夫人当时被狮子吓晕的地方，草地上还留有她躺过的印迹，形状像一只兔子。接着，沃尔特来到当初杀死狮子的地方。天啊！狮子不见了，连一星半点痕迹都没有。只有沃尔特自己的脚印，还有他当时射出的两支箭，一支箭杆上的羽毛是红色的，另一支是蓝色。沃尔特自语道：“难道什么人来过这儿，把狮子的尸体抬走了？”但随即他自嘲般地笑着说：“怎么可能呢，这里又没有拖动巨大尸体的痕迹；就算他们把狮子大卸八块了，可草地上并没有留下血迹和毛发；再说也没有凌乱的脚印，就好像许多人一起抬走了狮子。”沃尔特十分不安，又一次自嘲地笑了起来，说道：“说实话，我确实认为当时自己英勇地杀死了狮子，但现在看来，我的箭没有射中它，宝剑也没有刺中它。我现在该相信什么呢，这是一片谎言之地，除了我自身，没有什么是真实存在的。是啊，也许这绿树和草地都会随时消失，而我将从云端坠落。”

于是沃尔特转身，走在回金殿的路上，寻思着接下来会发生什么。他走得很慢，一路都在回想发生过的事情。不知不觉来到当初因为池塘阻隔让他和夫人追丢了猎物的那片树林。沃尔特走进池水中，一边沐浴一边沉思，可是他左思右想还是一无所获。

这时天色渐暗，他只好启程往回走，太阳快要落山时才快回到金殿，但眼前的一座小山丘将他挡住了，沃尔特站在那里左右张望。

就在这时，前面山坡上出现了一个女子的身影。只见她站在山坡顶上四处张望，然后向着沃尔特飞奔而来，沃尔特一眼就认出那是侍女。

侍女一路奔向沃尔特，在离他三步之遥停住向他示意。她上气不接下气地说："你听好！我说完之前你先别说话。我本来叫你今天晚上和我见面，因为我必须骗过那个跟踪我的东西。可是现在，我以你的誓言和爱的名义，请求你今晚不要来见我！快到午夜的时候，请你躲在金殿外面的榛树林里，在那里等我。听明白了吗，能做到吗？快说行还是不行，我不能久留。天知道什么东西在跟踪我。"

"好，"沃尔特立刻说，"但是我的朋友，我的爱人……"

"不要再说了，"侍女说，"祝你一切顺利。"然后她就转身快速跑开了，不过她并没有原路返回，而是往旁边的路上跑去，好像是想绕个圈子再回金殿。

沃尔特缓缓地走着，一边走一边想，目前的形势下，除了控制自己不要冲动行事以外，他什么都不能做，只能看着其他人行动。沃尔特觉得自己好像俎上的鱼肉任人摆布，实在不像个男人。

走着走着，他想起了侍女奔向他以及站在他面前时的神色和姿态；沃尔特看到了她对自己的渴望和爱慕，还有灵魂的痛苦，五味杂陈。

这时，沃尔特走到了山坡顶端，眼前的景象一览无余，而金殿就在前面不远处，夕阳的余晖给金殿镀上了一层金红色。在那片光亮中走来一个男子，身上折射出金色的光辉。看哪，那人正是王子！两人相见，王子随即转身和沃尔特并肩而行，他愉快地说："晚上好啊，夫人的侍卫！我一直对你礼数不周，但其实多亏了你，不论是今晚还是明天，还是未来的日日夜夜我才能过上快活日子；所以说实话，我对你确实欠缺礼数。”

王子满脸喜悦，眼睛里闪烁着欢快的光芒。他相貌俊美，可是沃尔特却觉得他面目可憎。他着实讨厌这人，连跟他说话都是件困难的事。不过，沃尔特控制住情绪，说：“谢谢你，王子。在这奇怪的地方竟还有个快活的人，这倒是件好事。”

“难道你不开心么，夫人的侍卫？”王子问道。

沃尔特不愿对此人吐露真心，不，一点也不想，他认定此人是敌人。于是他对王子友好地微笑，好像一个坠入爱河的傻瓜，说：“哦不，不，为什么不开心呢？我怎么可能不开心呢？”

“那么，”王子又问，“为什么你刚才说，很高兴看到有人心情愉悦？有谁不愉快了，你吗？”说完，他目光灼灼地看着沃尔特。

沃尔特缓缓答道：“我说了那样的话吗？我想是因为当时正好想到你，从我第一次见到你，我就觉得你心事重重、闷闷不乐。”

王子听罢收敛了神色，说：“是的，在你看来，确实是那样。我没有自由，但我的心却渴望自由。不过我马上就要重获自由了，我的愿望就要实现了。侍卫，我觉得你是个好人，只是有些蠢。所以我就不跟你兜圈子了，是这么回事，那个侍女已经答应了我的所有要求，她是我的了；再过两三天，她就会帮我离开这儿，到时候我就能再次看见外面的世界了。”

沃尔特狐疑地问道：“那么夫人呢？她怎么说？”

王子脸一红，皮笑肉不笑地说：“侍卫先生，你很清楚这事不需要去问她。她在意你的一根小手指头多过在意我整个人。我为什么要跟你说这些呢？实话告诉你吧：首先，这段恋情之所以能有结果，我能挣脱束缚，某种程度上是你的功劳。你成了我的替代品，取代了我在那个美艳暴君心目中的位置，所以不用替我担心，她会放我走的！至于你，你就看着办吧！另一个原因是，我今天心情好，告诉你这些事让我更加快活，再说也不会对我有什么坏处。就算你说，'要是我把这事告诉夫人会怎样？'我会回答说，'你不会的。'因为我知道你对我的掌上明珠十分倾心。再说，你也清楚夫人会迁怒于谁，反正不会迁怒于你我。"

"你倒是说了句实话，"沃尔特说，"我也是这么认为。"

他们沉默地走了一段，沃尔特问："要是侍女骗你呢，你要怎么办？"

"以上天的名义发誓！"王子恶狠狠地说，"她会为谎话付出代价的。我会……"他突然打住，随即又固执地说，"为什么要讨论这种可能性呢？她答应我的时候看上去愉快又甜蜜。"

这下沃尔特知道他在撒谎了，所以沃尔特的心情平复了下来，他接着问："等你自由了，你会回到自己的国家去么？"

"是的，"王子说，"她会带我回去的。"

"回到你父亲的国家以后，你会娶她做你的王后吗？"沃尔特又问。

王子拧起眉毛，说："我回到自己的国家以后，想怎样就怎样。但是，我会尽力让她称心的。"

两人都没再说下去，王子随即转身朝森林走去，一边走一边愉快地哼着歌，而沃尔特却神情凝重地走向金殿。其实他并没有特别郁闷，一方面，他知道王子在说假话；另一方面，沃尔特觉得在双重约定之下，形势于自己有利。因此，与其说沃尔特此时心情焦虑烦躁，倒不如说他的灵魂徘徊在希望和恐惧之间。

Chapter 20

沃尔特二度有约

沃尔特来到大厅，见夫人在高高的宝座旁踱来踱去。待他走近，夫人转过身来，声音急切但并不生气："侍卫，你做什么去了？怎么不到我面前来？"

沃尔特有些局促，他向夫人鞠了一躬，说："高贵的夫人，我刚才去办您吩咐的事了。"

大人说："告诉我发生了什么事？"

"夫人，"沃尔特说，"我走进您昏倒的树林里，却发现狮子的尸体不翼而飞，也没有拖曳的痕迹。"

夫人盯着沃尔特的脸看了一会儿，然后坐到宝座上，过了一会儿，她才柔声说："我不是告诉过你吗，有仇家要害我。瞧，你现在知道了吧。"

然后她又不说话了，皱着眉头咬紧牙关，接着厉声说："不过我会打败她，让她生不如死。我要让她众叛亲离，尝尝心碎的滋味！”

她目中闪过凶光，脸色铁青。然而当她转过身看到沃尔特的眼睛和他严肃的表情时，脸色立刻变得柔和起来，说：“不过这事和你没关系。眼看天就要黑了，你先回你的卧室去，你会看到一套配得上你的衣服。你换上那套衣服，打扮得帅气一点，来与我共进晚餐。等到午夜时分，穿过楼上走廊的象牙门到我的房间来。我有事要告诉你，此事能为你我二人带来福祉，能让仇人遭殃。”

说完她把手伸到沃尔特面前，沃尔特亲吻了她的手，然后回到自己的卧室，发现里面有一套十分华贵的衣服。他不知道是否有什么新的陷阱在等着他，如果真的有陷阱，他也无法逃脱。于是他换上衣服，俨然一位尊贵的国王，却又比世间任何一位国王都要英俊潇洒。

然后他来到大厅里，现在已是晚上，月亮还没有升起来，树林静谧，有如画卷。大厅里烛火通明，喷泉在烛光的映照下流光溢彩，泉水汩汩流淌，汇成一条涓涓细流。银色的小桥熠熠生辉，梁柱闪闪发光。

高台上摆着一张陈设豪华的餐桌，夫人端坐在桌边，衣饰华丽。侍女恭顺地站在她身后，身上披着一件金光耀眼的网眼衫，可她仍然赤着双脚，戴着脚镣。

沃尔特走到宝座边，夫人站起来向他致意，牵着他的手，在他两颊上亲了亲，然后拉他在自己身边坐下。他们共进晚餐，侍女为他们斟酒布菜，夫人只把她当作一根柱子般不加理睬，却对沃尔特温言软语。她玉手轻触，沃尔特将她递过的酒一饮而尽，又吃光了她夹的菜。沃尔特看似羞涩，其实内心非常害怕。面对夫人的爱抚，他坐怀不乱，不敢正眼看侍女。这顿晚饭仿佛吃了很久，沃尔特对着夫人强颜欢笑，却对侍女冷淡疏远，他心力交瘁，时间仿佛过得更慢了。饭后，他们又坐了一会儿，夫人问了沃尔特许多关于他所在的世界的问题，沃尔特拣了些能说的回答。一想到晚上有两个约会，他就忧心如焚。

最后，夫人说："现在我必须离开你一小会儿，你知道我们待会儿会在什么地方如何见面吧。你且自便，别累着，我喜欢看到你开开心心的样子。"

说完，夫人优雅地起身，吻了吻沃尔特的嘴唇，然后转身离开大殿。侍女跟在她身后，就在她们快要走远的时候，侍女俯下身来做了那个暗号，扭头看了看沃尔特，眼中似乎带着恳求，表情既痛苦又恐惧。沃尔特冲她点点头，表示一定会去赴他们说好的榛树林之约。侍女旋即转身离去。

沃尔特走进大殿，在走廊口和王子撞了个正着。这时夜色初上，他衣服上缀着的宝石在月光下闪闪发光，王子一见笑出声，说："看来现在你的地位超过我了。我只不过是一个遥远国度的国王之子，而你，今晚就要成为我们所在的这个国度的万王之王了。"

沃尔特听出了王子话中的讥诮之意，但他克制住自己的怒气，答道："先生，太阳落山后，你对自己的命运满意吗？有没有怀疑或害怕？这次那侍女是真心和你约会，还是虚与委蛇？她会不会又向夫人告你的状？"

话一说完沃尔特就后悔了，为自己和侍女担忧，怕他的话令那年轻愚蠢的王子心里生出什么误会。但王子却只是哈哈大笑，只回答了沃尔特最后的问题：“对，对！你这话说明你对侍女和夫人之间的事情一无所知。羊羔会把牧羊人出卖给豺狼么？即使侍女去对夫人告我的状，又怎样！你有空就去问问夫人她平常怎么对待她的奴隶的。她会饶有兴致地告诉你的。那侍女是因为精通医术和一些别的东西，才侥幸安好。我再告诉你一次，侍女必须按照我的意思行事。我认为自己不算太坏，如果我是深海，那个女人才是恶魔。以后你会发现真相的。是了，我挺好的，好得不能再好了。”

说完，他轻快地大步走进灯火辉煌的大殿里。沃尔特则走到月下，游荡了一个多小时，然后蹑手蹑脚地穿过大殿回到自己的卧室，脱下那身华服，穿回自己的衣服。他把宝剑和小刀佩在腰间，又拿上弓箭和箭袋，和进来时一样轻手轻脚地走了出去。最后他拿出一个指南针，从北边走进榛树林，躺下藏了起来，一直等到快午夜。

Chapter 21

逃离金殿

沃尔特在榛树林里等候，四周一片寂静，只有夜晚的树林发出的沙沙声。突然，金殿中传出一声哭号，沃尔特的心提到了嗓子眼。还不等他作任何反应，就听到一阵轻轻的脚步声由远及近。随即，茂密的树枝被拨开，来人正是侍女，她只穿着一件白色的裙子，光着脚。侍女一把抓住沃尔特的手，沃尔特不禁心头一喜，侍女上气不接下气地说："快，快！时间应该足够，也许还有余。让我省点力气吧，什么也别问，跟我来！"

沃尔特毫不迟疑地跟上侍女，两人都走得轻手轻脚。他们一路向南而去，也就是沃尔特曾经和夫人去打猎的那个方向。两人跑一阵，走一阵，天亮前竟已来到沃尔特杀死狮子的小树林。他们加快了步伐。侍女很少说话，只是时不时地催促沃尔特几句，偶尔羞涩地表达些许爱慕。天色渐明，两人爬上了一座小山头，俯瞰着眼前的一片树木稀疏的平原，在那平原尽头，耸立着连绵的青山，而山峦另一头遥远的地方是幽蓝的山峦。

侍女说：“远处就是熊人之山，我们必须冒险穿过他们的地盘。”沃尔特握住剑柄，侍女说：“不，朋友，我们必须运用机智和耐心穿过那片土地，不能使用武力。看啊！一条小溪从山脚下的原野流过。虽然不是时候，但是我们必须休息下。而且，我等不及要把我的事说给你听了，也许还得请求你原谅我一些事，我怕你不肯答应。”

沃尔特问：“什么事？”

她没有回答，只是牵着沃尔特的手往山坡下走。沃尔特问：“你刚才说要休息，可我们现在脱离被追赶的危险了么？”

侍女说：“等我知道她怎么样了，才能回答你。如果她当时没有派人追踪，他们现在已经不太可能追上我们了。如果不是那个怪物来追的话。”侍女颤抖起来，沃尔特能感觉到她的手突然变凉了。

侍女接着说：“不管是否危险，我们一定要休息一下。有些话憋在心里好似火烧，我必须告诉你，不把话说出来，我没法继续赶路。”

沃尔特说：“我不了解这位女王有多强大，也不知道她的仆人有多厉害。这事我以后再问你。除此之外，不是还有个王子恬不知耻地爱慕着你吗？”

侍女脸色有些苍白，说：“你不必怕他，他不过是个不忠不义之人。而且，他再也没有爱恨了，因为昨天午夜他死了。”

“什么，怎么死的？”沃尔特问。

“先别管这个，”侍女说，“让我原原本本地把我的事说给你听，免得你苛责于我。我们先舒舒服服地洗个澡吧，然后一边休息，我一边讲给你听。”

说话间他们已经走到小溪旁，只见溪流从岩石沙滩之间蜿蜒而过，时而汇成水塘，时而只有涓涓细流。侍女说：“我去那块灰色大石后面洗，朋友，你就在这洗吧。看哪！太阳升起来了！”

说着她朝那块大石走去，而沃尔特则就近沐浴，洗去了昨晚的风尘。等他穿好衣服，侍女也刚好从溪边走来，一身清爽，甜美可人。她的裙子里兜满了樱桃，是她沐浴时从头顶的树枝上摘的。他俩在草地上坐下，享用这天然的美味。沃尔特满心欢喜，他看着侍女，欣赏她的甜美可爱。说来也怪，两人谁也没有害羞或脸红。沃尔特一次又一次地亲吻侍女的手，她虽然没有退缩，但也没能鼓起勇气扑进沃尔特的怀抱。

Chapter 22

侏儒之死

侍女开口说道："我的朋友，现在我要告诉你，为了我们获得自由，我都做了什么。如果你要责怪我、惩罚我，你要记得，我所做的一切都是为了我们将来的幸福生活。好了，我这就告诉你。"

然而，她突然打住，跳了起来，指着山坡那边，她脸色惨白，浑身颤抖几乎站立不稳，话也说不出来，嘴里语无伦次地低声呢喃着。

沃尔特一跃而起搂住她，看向她指的地方。起先他什么也没看到，然后他看到一块棕黄色的像石头一样的东西滚下山坡。最后，他终于看清，原来那就是他刚到此地时遇上的丑恶的侏儒。

侏儒随即站直了身子，沃尔特见他穿着一件黄色锦袍，立即蹲下拿弓箭，在侍女面前搭箭上弦。然而，侏儒趁沃尔特蹲下时张弓搭箭，嗖地射出一箭，射中了侍女的上臂，侍女上臂鲜血直冒。突然侏儒发出一声尖厉可怕的叫声，原来沃尔特也射出了一箭，正中侏儒的胸膛，可箭却掉落在地，仿佛射在了石头上。侏儒又厉声尖叫起来，拉弓又射出一箭。侍女突然瘫倒下去，沃尔特以为她中箭了，勃然大怒，将弓箭掷在地上，一把拔出宝剑，大步流星地向着侏儒走去。侏儒咆哮起来，当中还夹杂着话语："蠢货！只要把仇人留下，你就可以全身而退。"

沃尔特问："谁是仇人？"

侏儒嘶吼道："就是她，躺在那儿的那个粉嫩的东西。她还没死，是因为害怕才昏过去的，她应该怕我！我可以轻易地一箭射穿她的心脏，但我要留她一命，才好报仇雪恨。"

"你要对她做什么？"沃尔特听侏儒说侍女没有死，又警惕起来，准备伺机而动。

侏儒又咆哮了一阵，接着说："我要对她做什么？我要狠狠地折磨她，你就站在旁边看着。然后我会放你走，这样你就能带着一段奇遇上路了。"

沃尔特问："你为何要报复她？她对你做了什么？"

"为什么！为什么！"侏儒咆哮道，"我不是告诉你了吗，她是仇人！你问她做过什么？蠢货，她杀了人！她杀了我们的夫人，是夫人创造了我们，我们全都爱戴她。你这无礼的蠢货！"

说完他朝着沃尔特的面门射出一箭，然而就在这千钧一发之际，沃尔特低下头，大吼一声飞快地冲上山坡，没等侏儒拔剑，沃尔特高高跃起，举起宝剑对着侏儒当头劈下，这一击力道非凡，沉甸甸的宝剑一直劈到侏儒的牙齿，它登时一命呜呼。

沃尔特在它尸体旁站了片刻，见它一动不动了，才慢慢走到溪边，侍女还躺在那儿，双手捂着脸，身体蜷缩着颤抖不已。沃尔特拉着她的手腕，说："起来，姑娘，起来！告诉我你是怎么杀了人？"

侍女退开一步，目光炽热地看着沃尔特，问："它怎么了？它走了吗？"

"它死了，"沃尔特说，"我杀了它，它的尸体还在山坡边上，头骨被劈开，除非它能像我杀死的狮子那样不翼而飞。也许它还会活过来！你会不会像它们一样骗我？给我说说你杀人的事。"

侍女站起来，全身颤抖着说："噢，你生我的气了，我受不了你生我的气。我做过什么？你杀了一个人，也许我也杀过一个人。可要是他们不死，我们就逃不掉。噢，你不明白！你不明白！我该怎么做才能平息你的怒气呢？"

沃尔特看着侍女，一想到要和她分开，心都要碎了。看着她那楚楚可人的脸庞，沃尔特心软了，他一把扔下剑，揽过她的肩膀，对着她的脸亲了又亲，把她紧紧搂在怀里。然后把她像个小孩子一样抱起来放在草地上，走到溪边用帽子盛满水，拿回来喂她喝，又用水洗净她的面庞和双手，侍女的脸庞和嘴唇这才有了血色。她对沃尔特微微一笑，亲了亲他的手，说："哦，现在你对我真好。"

"是啊，"沃尔特说，"如果你真的杀过人，我手上的人命不比你少；如果你撒过谎，我也撒过谎；如果说你耍了那个花花公子，就算你没有，我也会那么做的。所以你就原谅我吧。等你精神好了，就把你的事原原本本地告诉我，我会洗耳恭听。”

说完，沃尔特在侍女面前跪下，亲吻了她的玉足。侍女说：“好，好，你想让我怎么做，我都照办。但你先告诉我，你有没有把那个可怕的怪物埋在地下？”

沃尔特以为她吓昏了头，不清楚事情已经了结了，就说：“亲爱的朋友，我还没有把它埋掉。如果你觉得有必要，那我现在就去。”

“好，”侍女说，“不过你得先砍下它的头，放在它的屁股边上一起埋了。不然可怕的事情会再度发生。请你相信我，必须埋掉侏儒，这非常重要。”

“我相信你，”沃尔特应道，“像它这样的怪物可不是那么容易死的。”说完他拿起剑，转身向山坡走去。

侍女说：“我要和你一起去。我吓坏了，我不要一个人待在这里。”

于是他们便一起朝着侏儒的尸体走去。侍女不敢看那怪物的尸体，不过沃尔特却发现，侏儒腰间别着一把巨大笨拙的石斧。于是他把石斧从护套中拔了出来，砍掉了侏儒丑陋的脑袋。然后沃尔特和侍女一个用石斧，一个用剑，一起挖了一个够大够深的坑，将侏儒和它的武器一并埋了。

Chapter 23

疯狂的一天平静收尾

然后，沃尔特再次牵着侍女坐下，说："亲爱的，现在跟我讲讲你的事吧？"

"不，朋友，"侍女说，"在这不行。这地方太可怕了，到处是那怪物恐怖的身影，它作恶多端，罄竹难书。我们还是接着往前走吧，我很快就会恢复精力的。"

"但是，"沃尔特说，"你被侏儒的箭射伤了。"

侍女笑起来，说："我以前受过的伤可比这严重多了，这点小伤不算什么。不过，既然你心疼我，那我来想法子让它快些好起来吧。"

于是侍女四下搜寻，在溪边找到了一种药草。她对着药草念念有词，然后让沃尔特帮她把药草敷在伤口上。其实她完全可以自己敷药，但沃尔特还是照侍女说的办了，接着从自己的上衣上撕下一块布条，替她包扎。

侍女刚要站起来，沃尔特说：“你还光着脚呢。你这样赶路，将来会因为脚疼而耽搁行程的。我来给你做双皮鞋吧。”女仆说：“我光脚走路挺好。不管怎样，我恳求你，我们离开这吧，哪怕只走一英里也好。”她可怜巴巴地望着沃尔特，让他觉得没法不答应她的请求。

于是他们跨过小溪往前赶路，此时已经快到中午。走出一英里之后，两人来到一座小山丘上，在一棵大山楂树的树荫里坐下，从这里可以望见远处的群山。沃尔特说：“现在我来给你做双皮鞋吧，从我的牛皮外套上取料正合适。我一边做，你一边给我讲你的故事。”

“你真是太好了，”侍女说，“不过好人做到底，等我们完成了今天的任务，我才能告诉你我的故事。我们最好不要在此地耽搁太久，尽管你杀死了侏儒王，但它的余孽可能还聚集在森林的某处，就好像兔子聚在洞里。它们确实智力低下，应该还不如侏儒王聪明。我说过，除非它们能像猎犬一样追踪，否则不可能找到我们，可就怕万一被它们撞上。”侍女红着脸接着说，“而且，朋友，我请求你让我喘口气。你对我一直很好，所以我不怎么担心你会发怒。但有些事，我仍然心中有愧。既然眼下阳光明媚，我们还是先尽情享受这美好的时光吧。等你做好皮鞋，我们就继续赶路吧。”

沃尔特温柔地亲吻了她，答应了她的请求。他已经在裁剪牛皮了，不一会儿就做好了一双皮鞋。侍女穿上皮鞋，微笑着站起来，说：“我又精神十足了，既是因为休息了一下，更是因为你对我的好。你会看到我健步如飞地离开这片土地。因为这是一片谎言之地，亚当之子的受难地。”

于是他们又出发了，一路上确实走得很快，直到大约下午三点才在树丛边停下来休息。那里的草地上结满了草莓，两人饱餐了一顿。接着，沃尔特射中了橡树上的一只斑鸠，然后又射中了第二只。他把猎物挂在腰带上，准备当作晚餐，然后继续赶路。一路太平无事，大约在日落前一小时，两人来到了另一条河的岸边，这条河并不是很宽，不过比之前那条河宽阔些。侍女在河边躺下，说：“朋友，我不能再往前走了，不，应该说，我实在走不动了。我们现在吃晚餐吧，然后我把我的故事讲给你听，我不想等下去了。讲完了我的故事，我们就能安心甜蜜地睡上一觉了。”

她兴高采烈地说着，好像什么都不怕，沃尔特不由得心旌荡漾。他生起篝火，又搭起一个土灶，接着收拾干净那两只斑鸠，把它们烤熟。两人心满意足地饱餐一顿，这顿晚饭让他们恢复了不少元气，然后沃尔特点亮了篝火来抵御午夜和黎明的寒意，也用来吓退野兽。等到夜幕降临，月亮升起，侍女凑近篝火，转身面对沃尔特，开始讲述她的故事。

Chapter 24

侍女的身世

“朋友，趁着明亮的月色，温暖的火光，我来讲讲我的身世吧。事情是这样的：如果说我真的是亚当的子孙，我也不清楚自己到底几岁了。因为我的记忆有好些断层，只模模糊糊地记得几件事，而很多事我已经记不得了。我清楚地记得幸福的童年，周围的人都爱护我，我也爱他们。我的故乡不是这里，那里的一切都很美好，不管是新年伊始、年中还是年尾，周而复始。然而我的好日子结束了，之后一段时间是一片混沌，我实在记不得了。再以后我又记得一些事，那时我是个小女孩，我懂得了一些事情，而且还渴望学习更多。可我一点也不快乐，周围的人对我呼来喝去，让我做这做那，我只能从命。没有人爱我，没有人关心我，但我暗自期待着未知的未来。那个时候我还不在这片土地上，我不喜欢那个地方，那座宅院又高大又宏伟，可是一点儿也不亲切。之后我的记忆又模糊了，后来的一个时期我记得不太清楚，可那是一段噩梦般的日子。我已经快要成年了，周围有很多人围绕着我，他们愚蠢、贪婪而且冷酷。我的心已经很坚强了，可身体却太瘦弱。那些不及我聪明的人要我完成我所不齿的任务，那些不及我勇敢的人对我拳脚相加；就这样，我目睹了穷困、圈套和各种各样的不幸。而今这一切都成了模糊不清的画面，那些面目可憎的人中间，只有一个是我的朋友。她是一个老奶奶，她经常给我讲些美好的童话故事，故事里的人都高尚美好，或者说至少是坚强勇敢的。她在我心中种下希望，教会我很多很多东西。后来我慢慢变得更聪明了，只要我愿意，我的聪明才智足以让我变得强大，法术则能让我拥有权势。不过那段时间我还不在这片大陆，而是在一个藏污纳垢的大城市。

“再以后，我好像陷入了沉睡。睡梦中一片虚无，只是偶尔做一些离奇古怪的梦，有的是美梦，有的是噩梦。有时候我梦见女主人和那个怪物，就是今天被你劈开脑袋的那个怪物。醒来以后我就在这里了，就是我现在的年纪，就是你此刻看到的样子。最开始我在那个廊柱大厅里，衣不蔽体，手脚被绑。侏儒带我去见夫人，我听到他用恐怖的声音说：‘夫人，这个行吗？’然后夫人用甜美的声音回答道：‘可以，我会奖赏你的，你先带她去打个标记。’我记得侏儒一路拖拽着我，我心里怕极了。不过那次他没有对我怎么样，只是给我带上了这个脚镣。”

“从那以后，我一直住在这个地方，一直是夫人的奴隶。我记得这段时间的日日夜夜，没再陷入朦朦胧胧的梦境。我不会事无巨细地说给你听，但是我要告诉你，尽管之前很多次陷人梦里，又或许正是因为这些梦，我没有忘记从前那个老奶奶教给我的本领，并且我渴望学到更多。如今我的本领带我们脱离了险境，不过曾经也给我带来麻烦。一开始，夫人总是随心所欲地对待我，她有时爱抚我，有时惩罚我，一切都取决于她的心情。不过她那时并没有对我特别残忍，或特别针对我。我做了两年奴隶以后，她渐渐得知我也会一些法术，而她正是靠法术过上了女王般的日子。从那时起，她一直把我看成仇敌，至今已经三年。我不清楚为什么她不干脆把我杀了或者折磨我至死，似乎那样做对她也会不利。但是，没有什么能阻碍她把悲伤痛苦钉进我的脑海。后来夫人总是派她的仆人来对付我，就是今天你杀死的那个侏儒。

“我忍受了种种无法言喻的非难，有一次，它实在太过分了，我忍无可忍地拔出了这把匕首（今天要不是你说会谅解我，我早已把这匕首刺进了自己的心脏）。我对它说，如果它得寸进尺，我不会去杀它，而是会自杀。因为夫人有令，无论如何要留着我的性命，所以侏儒是不敢逾越的。从那以后，它就一直有所顾忌了。但是我还是得凭借我的法术想方设法地逃走。她对我的仇恨日积月累，也许某天她内心的熊熊怒火会让她丧心病狂，如果我不设计逃跑，最终会被她杀死。

“我还要告诉你，大约一年前那个王子来了这里。从我到这里算起，他是夫人用巫术引诱至此的第二个美男子，而你是第三个。说实话，刚开始我觉得他美得像个天使。夫人就更不必说了，他们两个爱得如胶似漆。可实际上他为人轻浮、心肠冷酷，过了一阵，他就自然而然地盯上了我，向我求爱，但他的爱愚蠢而冷酷。当时我因为惧怕夫人而拒绝了王子，结果他丝毫不同情我，反而不遗余力地把我推向夫人的怒火，既不帮助我，也不为我说情。哦，朋友，尽管遭遇了种种伤心痛苦，我仍然在学习，吃一堑长一智，让自己变得更强大，默默等待救赎之日。我终于等到了这一天，等到了你。”

侍女亲了亲沃尔特的双手，而沃尔特吻了她的脸颊，她感动的泪水顺着脸颊流到嘴角。侍女接着说：“一个月前，夫人开始厌倦那徒有其表的卑鄙小人，紧接着你就落进了她的圈套。具体是怎么回事我也只能猜测。有一天我正在大厅里伺候夫人，而那邪恶的怪物，就是被你劈开了脑袋的那个，正躺在门槛上，这时我突然做起了白日梦。因为害怕受罚，我试图赶走眼前的影像。可是眼前的大厅扭曲起来，最后消失在我面前。我的双脚之前还站在大厅的大理石地面上，转眼却站在了粗糙的石头路面，而且能闻到海水的咸味，看到各种船只上的装备。我身后是高大的房屋，眼前就是各种船只，船上的绳索和船帆都猎猎作响，桅杆也左右摇摆，耳旁响起了水手的呼喊声。这一切我从前都在朦胧的梦境中看到过，听到过。”

“我当时走在中间，侏儒在前面，而夫人在我后面。我们三个人走过舷梯登上了一艘大船，显然这艘船马上就要出海了，我看到水手们升起了旗帜。”

沃尔特问道：“然后呢？你看到旗帜上的图案了吗，是不是一只狼一样的野兽对着一个少女在怒吼？那个少女大概就是你吧。”

侍女说：“是的，那面旗帜就是这样。你别说话，先听我说。

之后大船和海洋都消失不见了，但是我并没有回到金殿的大厅，我们三个又出现在刚刚离开的那座城市里。不知为何我的视线昏暗不清，只看到一座宏伟的大房子的前门，但这景象瞬间就消失了。我们三个人还是在梁柱大厅里，我仍然是个奴隶。”

“姑娘，”沃尔特说，“我就问你一个问题：你有没有在码头上看到我站在船只旁边？”

“没有，”侍女回答说，“那里有很多人，但是他们在我看来都是外邦人的样子。你接着听好，三个月以后的一天，我们三个人都在廊柱大厅里，我又做梦了。我的视线还是昏暗不清，只看到我们三个置身于热闹的街道中，但是明显有别于之前那个城市。当时我们站在一座房子前，右手边聚着一群人。”

“是啊，是啊，”沃尔特说，“其实我就在那群人当中啊。”

“亲爱的，你先不要说话！”侍女说，“我的故事就快讲完了，我希望你认真听好，也许你还得再一次原谅我的过去。又过了二十天，我好不容易偷闲半日去橡树泉，其实很可能是夫人故意让我产生去那里的想法，因为我去了那儿就会遇到你，她就有了刁难我的理由。我坐在那儿，一点儿也不喜欢这片大陆，反而心生厌恶。因为近来王子变本加厉地逼迫我，要不就想方设法地威胁我，天天怂恿夫人用各种方式折磨我、羞辱我。

“那时候我都要崩溃了，几乎就要屈服于他的淫威，我想那至少比最糟糕的折磨要好一些。现在我必须告诉你一件事，我祈祷你能记在心里。比起任何其他事物，这件事给了我最多的勇气去拒绝那个卑鄙小人，当然我自己的智慧也起了一些作用。听好了，是一个聪慧少女的智慧，而不是一个女人的智慧。

如果我失去贞洁，就会丧失法术。虽然之前我努力拒绝，可是那一刻我几乎就要前功尽弃了，因为相比之下，夫人的怒火实在可怕得多。你是否会因此而怀疑我的品行？

“然而，正当我左思右想之际，一个男子向我走来。我以为是王子，却不想来的是个陌生男子，他一头金色的头发，灰色的双眸。他一开口说话，他的温柔就击中了我的心，我知道是我的朋友来见我了。哦，朋友，这喜悦的眼泪是为相见的那一刻而流！”

沃尔特说：“我来这里也见到了我的朋友。我知道你不让我说话，我会忍住的，直到我们平安穿越沙漠，远离所有邪恶的东西。不过，你总不会连爱抚都不允许吧？”

侍女破涕为笑，说：“哦，不，可怜的小伙子，只要你表现好就可以。”

然后她依偎在沃尔特身上，双手捧着他的脸亲了又亲，沃尔特感动得热泪盈眶，既是因为爱，也是因为同情。

侍女接着说：“哎，朋友！说不定等下你会觉得我恶毒，你的爱就会离我而去，因为我要告诉你，为了让你我获得自由，我都做了什么。哦，也许到时候你不止会离开我，还会惩罚我这恶毒之人呢！”

“亲爱的，你什么都不用怕，”沃尔特说，“实际上，我想我已经猜到了一部分。”

侍女叹了口气，接着说：“现在我要告诉你，为什么之前我一直不许你亲吻我，爱抚我。因为我知道，只要你出于爱慕而触碰我，哪怕只是一个手指头，夫人都会知道。打猎那天早晨，为了试探我，她亲吻、拥抱了我，差点没把我当场勒死。然后她又露出我的肩膀和手脚给你看，以此来试探你，看你是否眼神闪烁，脸泛红晕，其实她早就妒火中烧。后来，我的朋友，即便是我俩在岩石泉边说话的那一刻，我都一直在思考怎样才能逃离那谎言之地。你可能会说，为什么你不拉着我的手跟我一起逃走呢，就像今天这样？朋友，实话告诉你吧，如果夫人没有死，我们根本不可能逃出这么远。如果她不死，她就会派人追踪我们，把我们带回去面对悲惨的命运。所以我告诉你，从一开始我就打算杀掉他们两个，也就是侏儒和我的女主人。不然你我绝不可能逃脱死亡的命运。至于那个威胁我的卑鄙小人，我本来就没打算管他的死活，因为我知道只要你挥舞宝剑甚至赤手空拳，顷刻间就能将他制服。不过，首先我得假装向王子屈服，至于我是怎么做的，我想你是知道的。但是我从来没有答应让他来我的卧房，直到那天我在你往西去金殿的路上遇到你，也就是你出发去取狮皮之前。在那之前我一点头绪都没有，只是苦苦地请求你去迎合那个邪恶的女人。那天我们在溪边说话的时候，我发现那个丑恶的怪物，现在他的头已经被你砍下了，正在监视我们，我感到又恶心又恐惧。可就在那时，我脑海中闪过一个主意——一个或许能杀死敌人的主意。于是我打定主意让侏儒做信使，故意让他听到我叫你来我房间。如我所料，他很快就把消息告诉了夫人。与此同时，我又赶忙去跟王子周旋，叫他来找我而不是去找你。后来我左等右等，终于等到机会，当时你去取那根本不存在的狮皮，在你回来的路上我们见了一面，我才得以提醒你，不然我们就前功尽弃了。”

沃尔特说："那头狮子是她变出来的，还是你的法术变出来的？"

侍女说："她变出来的。我怎么会干这事？"

"是啊，"沃尔特说，"但是她当时确实晕了过去，她言之凿凿是仇人干的，还特别生气。"

侍女微微一笑，说："如果她的谎话不高明，那她就愧为操纵人心的大师了，她撒谎可不是只靠嘴。再说，她对仇人的怒气并不假，因为她的仇人就是我呀，过去的日子里她无时无刻不恨我。还是继续讲我的故事吧。"

"很明显，你昨天傍晚去大厅的时候，我的女主人已经知道你要和我约会，所以她决心杀死你。但下手之前，她还想再次拥有你，所以晚餐时她才对你百般挑逗，那对我真是种折磨。然后她跟你约定了幽会时间，她确信就算之后你要跟我见面，但你绝不敢忘记跟她的约定。"

"我刚才跟你说过，我当时约了那个卑鄙的王子，并且让他喝下昏睡药，这样我到床上的时候他就不会扑过来，或者醒过来。我在他身边躺了一会儿，这样夫人就知道我曾到过他身边。如果我没有靠近王子，夫人一定会知道的。当我躺在床上的时候，我趁机施法把王子变成你的样子，别人看到了只会以为是你躺在我身边。做完这些，我一边颤抖一边静静等待。一直等到你和夫人幽会的时间过去，到了我们约定的时间。我一直留心她房间的动静，我的心因为害怕得几乎停止跳动。"

"突然，我听到她房间传来一阵骚动，我溜下床藏在帷幔后面，吓到几乎窒息。这时夫人悄悄进来我的房间，一手举着烛台，一手握着尖刀。事实上，我自己手里也握着一把刀，绝境中我打算放手一搏。只见她高举烛台走到床边，她喃喃自语道：‘看来她不在这儿，但是她逃不出我的手掌心！’接着她爬到床上，把手放在我施了法的王子身上，眼睛望着躺在那儿的‘你’，忽然她身子一阵颤抖，烛台掉在地上熄灭了。当时月光照得房间透亮，所以我还是看得一清二楚。她发出一阵野兽般低沉的吼声，高高举起手臂，手中的利刃寒光一闪，刺了下去。我吓坏了，因为我的法术太过真切，躺在那儿的人分明就是‘你’。那卑鄙之人哼都没哼一声就死了。为什么要为他哀叹呢？我做不到。

“这时我的女主人抓住他的衣服一把把他拉起来，撕碎了他肩膀和胸口的衣服。她叽里咕噜地说了一长串我几乎听不懂的东西，其中断断续续地夹着一些言语。我听到她说：‘我应该忘记，我该忘记，明天又是新的一天。’然后她沉默了好一会儿，突然她用恐怖的声音大喊：‘哦不，不，不！我忘不了，我忘不了。’她整夜都在哭嚎，那声音让夜色分外可怖，难道你没听到？最后，她从床上捡起尖刀，刺进自己的胸口，然后倒在床上那具尸体身上。这时我想到了你，喜悦击碎了恐惧，我怎么可能否认这一点呢？然后我就逃离金殿去找你，我握住你温暖的手，和你一起逃离。我们现在还能在一起吗？”

沃尔特听完后说话声变得很慢，而且没有碰触侍女。而侍女拼命忍住抽噎，热切地望着沃尔特。沃尔特说道：“我想你已经把来龙去脉都告诉我了。她前天晚上还躺在我的臂弯，不管她是因为你的计谋还是她自己的蛇蝎心肠而丢了性命，这是罪，是我的罪。因为我爱你，不爱她，并且我希望她死去好让我俩在一起。这你是知道的，但你仍然爱我，也许这样太过分了。我该说什么呢？如果这计谋是罪恶的，那我也有份。如果这是谋杀，那我也有份。我们要向对方，还要对上帝和他的圣徒坦白：‘我们两人密谋杀死了那个女人，因为她折磨你，并且打算杀掉我。如果这么做是错的，我们将一起受罚，因为我们两个人共同做了这件事。’”

沃尔特伸出双臂拥抱了侍女，轻轻地吻了她一下表示安慰。接着他又说：“等明天白天，我再问你那个女人到底是什么吧，现在先不管了。你今天累坏了，我命令你马上睡觉。”

于是沃尔特四处采集了很多野草铺成一张床，又把自己的外套铺在上面。侍女温顺地躺下，微笑着把两手交叠着放在胸前，沉沉地睡去。而沃尔特仍然在火堆旁坐下，一直到晨光熹微他才躺下。

Chapter 25

把夏天穿在身上

天亮时，沃尔特醒了，见侍女从河岸边款款走来。她神清气爽，面色红润。二人四目相对，侍女的脸色略略变白了一点，羞怯地躲开了沃尔特，但沃尔特握住她的手，坦然地亲吻了她。二人心中喜悦，无须言语表达。不过他们还有好多别的事情要谈，但首先得有人先想出个开场白。

他们走到昨晚的篝火旁坐下吃早饭。吃过早饭后，侍女说："朋友，我们现在快到山地了，大概日落前，我们就会进入熊人的领地。要是我们落到熊人手中就很难逃脱了，只怕会凶多吉少，不过我想，凭借智慧我们是能够化险为夷的。

"会遇到什么样的危险？"沃尔特问，"我是说，最糟糕的情况会怎样？"

侍女答道："会被祭献给他们的神灵。"

"如果我们侥幸不死，又会如何？"沃尔特问。

“不外乎两种结果，”侍女说，“其一，我们被迫加入他们的部落。”

“他们会把我们分开吗？”沃尔特问。

“不会。”侍女说。

沃尔特笑了，说：“那就没关系。还有一种情况呢？”

侍女说：“他们好心放我们走，然后我们回到信奉基督教的某个国家。”

沃尔特说：“你好像认为这种情况更好，不过我说不准怎样更好。跟我说说他们的神灵是什么样的？为什么熊人要把陌生人祭献给他？”

“熊人的神灵是一个女人，”侍女说，“是她在熊人还没有酋长和将领之前，孕育了他们这个国家和部落，反正他们是这样认为的。”

“那得是很久以前了吧，”沃尔特说，“她怎么可能还活着呢？”

侍女说：“那个女人肯定早已死去，但熊人又重新推选了一个女人出来，然后一个死了再选一个，一代一代接替远古的母神。实话和你说，死在大殿里那个就是他们选出来的最后一个女子。如果熊人知道了，他们就没有神灵了。这就是我们要告诉他们的。”

“是啊，太棒了！”沃尔特说，“要是我们双手沾满了熊人族神灵的鲜血，他们一定会‘热情地’款待我们的。”

侍女对着沃尔特一笑，说：“如果我们告诉熊人我把他们的神灵杀了，而且他们相信的话，肯定会把我当作他们的女神，视我为主人。

“这太奇怪了，”沃尔特说，“就算他们真的把你当成女神，我们怎么回到基督教世界去呢？”

侍女笑出声来，她知道自己和沃尔特的命运息息相关，因而很高兴。“亲爱的，”她说，“现在我明白了，你想要的跟我想要的完全一致。不管怎么说，虽然你现在还大惑不解，但与熊人共处不会有什么危险，我们会活下来的。不过，说真的，要是他们把我当成神灵，就不会阻止我们离开。他们可不希望与神灵朝夕相对。所以不用怕。”她笑了笑，又说，“怎么！你是嫌我这个‘女神’穿得寒酸？衣衫褴褛，光着脚丫，连手臂都露在外面吗？耐心点！到时候该怎么打扮一番，我自有主意。朋友，咱们上路吧？”

他们起身出发，走过河边一片齐膝高的滩涂，爬上只有稀稀拉拉几棵树的草坡，朝着山地走去。

终于，他们来到山脚下，这里长着各种坚果和浆果，四周绿草如茵，繁花似锦。他们在这里歇脚，沃尔特顺手打了只野兔做午餐，他们又在一颗灰色石头下发现一汪汩汩清泉，泉边的鸟儿在欢快地唱着歌。

吃过东西，休息了一会儿，侍女起身说：“现在本女王要梳妆打扮了，要打扮得像个真正的女神。”

然后她就忙活起来，沃尔特就在一旁看着。只见她摘下一束娇艳的蔷薇，编成花冠戴在头上；再把夏日的各种花朵装点在腰间，任由花枝垂到膝下；又把花朵别在裙子上，还编织了臂环、脚镯和凉鞋。最后，她还把一个花冠戴在了沃尔特头上。

做完这些，她站远一点，并拢双腿，举起双手，高声道：“看！如果我穿着丝裙、戴着金饰，像不像夏日女神？熊人也会把我当成女神的。来吧，会一切顺利的。”

他们开始爬山，二人一路上柔情蜜语，几个小时不知不觉就过去了。沃尔特看着侍女，笑着说：“可爱的朋友，有件事我要告诉你，如果你身穿丝绸华服，珠光宝气，就算是稍微脏一点，熊人来跟你对峙的时候，你看起来仍然是端庄的。然而，你身上的花朵过几个小时就会枯萎。不对，此刻在我看来，你腰带上别的绣线菊已经黯然失色。装饰你白色裙子的小米草也失了明艳葱郁。你说呢？”

侍女听了沃尔特的话笑了，站在原地回首望着他，手指轻抚着腰间的花朵，像鸟儿在梳理羽毛，然后她说：“再看看！是你说的那样吗？”

沃尔特不明就里地看过去，只见一圈圈花枝又新鲜起来，小米草花比她的玉腿还白；盛放的蔷薇鲜艳明媚，好似还长在枝干上一样。

沃尔特惊得目瞪口呆，侍女说：“亲爱的朋友，别担心！我不是告诉过你我懂一些法术吗？但是我再也不会用法术来害人了。我以前就跟你说过，等到有一天，我过上了无忧无虑的日子，我就再也不使用法术了。我的朋友，只有你能够帮我实现心愿。不过，眼下我的法术还有用处呢。我们继续大步前进吧。”

Chapter 26

遇见熊人

沃尔特和侍女继续赶路，没过多久，他们来到了一处海滨之地。四周树木稀疏，只有一簇簇低矮的荆棘。两人来到一处高地上，尽管还没到仲夏，可放眼望去大地已被骄阳烤得焦黄。他们一路往南向群山的方向走去，可以看到远处低矮的暗灰色山脊映衬着深蓝色的山峦。太阳下山时，他们爬上了一座高高的山丘。两人站在山顶俯瞰脚下的风景。

只见山下是一片宽阔的河谷，比他们经过的山谷都更葱绿。绿意最浓之处是一条溪流，蜿蜒流经谷底，溪边柳树环绕。牛羊在溪边悠闲地吃草，还有一线炊烟笔直地升上开阔的天空。原来谷底有一圈圆形的小房子，每座都是茅草搭成，苇秆作顶。炊烟就是从那圈房子的中心升起来的。尽管附近未见什么石滩，但东边的溪湾旁却有个大石块围成的圆形广场。而那圈小房子旁边有好些身形巨大的男人女人，或行或立。

两人看了一会儿，一切似乎很平静，可是在沃尔特眼中，这景象十分古怪。他轻声问道：“他们就是熊人？我们该怎么办？”他压低了嗓音，好像生怕被谷底的人听到。可实际上除非大声喊叫，否则他们是听不到的。

侍女说：“是的，他们就是熊人。还有很多其他熊人散布在北边和东边，一直到海滨地区。至于下一步怎么做，我想我们现在就若无其事地走下去。实际上我们现在也避不过了。因为你看，他们已经发现我们了。”

只见三四个巨人已经转过身面朝两人身处的山坡，大声呼喊，声音非常粗犷，但似乎并没有生气或威胁的意思。侍女拉着沃尔特的手，迅速走下山去。这时山下的熊人都聚集起来，看着他们下山。沃尔特打量着这些人，他们虽然身材特别高大，但也没有大到不可思议的程度。男人们都留着长长的头发和蓬松的络腮胡须，发色都是红色或者黄褐色。或许是风吹日晒的缘故，他们裸露的皮肤呈深咖啡色，但又比黑人来得浅。这里女人长相清秀，都有一双好看的眼睛。无论男人女人没有哪个看上去凶神恶煞或诡计多端，反而有几分庄严肃穆的神色。除了几个小男孩以外，熊人都是半裸的，身披一块羊皮或鹿皮。

他们拿着各式各样的武器：有人拿着长矛，长矛的顶端绑着石头或燧石；有人拿着难看的斧子，那是用大块燧石配上木头手柄做成的。人群中并没有人用弓箭瞄准他们，但似乎有几个青年已将肩背的弓箭拿在了手上。

等他们走到离熊人三英寻处，侍女用甜美的声音清清楚楚地大声说：“你们好，熊人们！我们心怀善意，不会伤害你们，你们欢迎我们吗？”

为首的熊人是一位长者，他身披一件做工精细的鹿皮斗篷，手臂上戴着金臂环，头上还戴着一顶蓝宝石王冠。他说：“你们身材娇小，长得却很美，要是你们再高大一些，我肯定会以为你们是天神派来的。不过我也听说过神长得什么样，神并不像我们熊人这般高大。我不知道你们到底什么身份。如果你们不是神，那你们就只是两个外邦人。那我们就不知道该怎么办了，只有打仗的时候我们才会遇上外邦人，有时我们将俘虏献祭给神灵，有时让他们成为熊人的子民。另一种可能是，你们是其他族群派来的亲善大使。若是如此，那你们是贵客，我们定会好好招待你们。现在，能不能明白告诉我，你们是什么身份。”

侍女答道：“老人家，要说清楚我们的身份并不难，但是我看今晚并非所有熊人都在这儿吧。”

“姑娘，你说得对，”老者说，“我们的人多着呢。”

“那么我们有个请求，”侍女接着说，“你传令下去把你的人召集过来，在广场集合。然后我们在众人面前表明身份，你们就知道该怎么办了。”

“说得好，”长者道，“那么就按你说的，明天中午，请你们来河谷的圆形广场，向熊人说明身份。”

接着他就转身向族人喊了一句，沃尔特和侍女都听不懂他说的是什么，只见六个年轻人依次走上前来。老者从一个袋子里掏出六块小小的东西分别给了那六个人，沃尔特看不清那是什么，只隐约看到上面有些文字。老人又吩咐了一两句，那六个年轻人就一个接一个地跑开了。他们全都朝沃尔特和侍女到来的相反的方向跑去，很快就消失在飞扬的尘土中。

长者转过身面对沃尔特和侍女，说："这位小伙子还有这位姑娘，不管你们是什么身份，也不管明天会发生什么，总之今晚你们是客人，请到火堆旁边来一起吃饭吧。"

于是他们和熊人一起围坐在火堆旁，这一餐他们吃了凝乳和奶酪，还喝了许多牛奶。天色渐暗，熊人把火堆拨亮用来照明。这些粗野的熊人相互嬉戏打闹，玩得不亦乐乎，尽管他们对沃尔特和侍女没什么敌意，但也没怎么搭理他们。然而，沃尔特发现年轻的熊人，无论男男女女都紧盯着他们，似是存有疑虑，或许还有些许恐惧。

夜有些深了，老人站起身叫上沃尔特和侍女，将他们领到最中间的一座小屋前面，这间屋子看上去比别的小屋稍大一些。两人会意，这就是他们今天晚上的住处了，老人又关照他们晚上安心休息，不要担心明天的事，然后就离开了。于是两人进到屋内，里面有几张又宽又大的床，他们舒舒服服地躺了下来，相互亲了亲对方。这时他们发现，门外地上躺着四个熊人，各自把武器放在手边，看样子熊人是把他们当作俘虏看守起来了。

沃尔特忍不住开口说道："亲爱的朋友，我最初从兰顿城的码头出发，看到了侏儒、侍女和贵妇人的幻象，一路走来经历了重重艰难险阻。可是，就凭你刚才的吻和你亲切的眼神，这一切都值了。尽管我的旅程已经大大超出当初的预计，也许明天我将无法继续走下去，要是我不在你身边了，愿上帝和他的圣徒保佑你逃脱这些野蛮人。"

侍女轻声笑起来，甜蜜地说：“亲爱的朋友，你说这些伤心话是为了让我更加爱你吗？那你可就白费力气了，因为我对你的爱不可能比此刻更多，我全心全意地爱着你。你要有信心，我们现在还没有分开，以后也不会分开。我认为我们不会死在这儿，也不认为明天就是死期，那得是许多年以后的事情了，那时我们两个都已享尽了甜蜜幸福的日子。我英俊的朋友，晚安！”

Chapter 27

与熊人共度一朝

于是沃尔特躺下睡了，一觉醒来，天色已经大亮，侍女就站在他枕边。她刚刚在河水中沐浴过，因此神清气爽，阳光透过打开的门洒落在她脚上。沃尔特转过身来，抱住她的一双玉足轻轻爱抚，侍女含笑看着他，沃尔特起身与她的目光相迎："今早你真是光彩照人！可是……可是……你把身上这些枯萎的花花草草摘掉不是更好吗？你这一身装扮就像吟游诗人吟唱的五月清晨的少女。"

沃尔特无奈地望着她，侍女却对他盈盈一笑道："是的，他们都觉得我的装束再好不过了。他们在那边拾柴火准备燔祭，其实就是准备烧死你我二人，除非用我从老奶奶那里学到的法术来化解。我的法术在和夫人的争斗中愈加精进了。说到夫人，不久前你还或多或少地爱慕着她呢。"说话时，她的一双美目顾盼流转，晕生双颊，手脚似乎情不自禁地在欢快地舞动。沃尔特眉头紧锁，突生疑窦：她会不会牺牲我，自己独活？他盯着地面，侍女说：“朋友，抬起头来，看着我的眼睛，看看我的眼中可有半点虚情假意！我知道你在想什么，我知道的。你难道没看出来，因为你对我的爱意，我是多么欢欣？而我又为了迫在眉睫的问题在苦苦思量？”

沃尔特抬起头来，对上她满含爱意的双眼，他本想抱住她，可她却退开，说：“不行，你得克制一下，亲爱的朋友，别让那些人看出我们是情侣。再等一段时间，以后我都会听你的。但现在我必须告诉你，快到中午了，熊人将纷纷聚集到山谷里来，有许多熊人已经聚在河谷的圆形广场了。如我所言，燔祭的柴火堆已经架好，不是要烧我们，就是烧一些其他活物。有件事我得恳求你，这事对你来说很容易，你扮作神族，不管发生什么事都别害怕，也别流露出惧意。不管我说的对还是不对，你都得附和。只有最后一点难办（但你曾经做到过），你看我的眼神不要流露出爱意，也不要像过去那样央求我或者命令我，你得表现得像我的仆人而非我的主人。”

“噢，亲爱的朋友，”沃尔特说，“至少在这儿你是主人，我什么都听你的，我只愿与你同生共死。”

两人正在交谈，老人带着一个少女走来，给他们拿来炼乳、稀奶油和草莓当早餐，沃尔特和侍女便愉快地享用早餐了。这时老人和他们聊了起来，老人的语气十分严肃，但并不凶恶，也没有什么敌意。他说起这次旱灾，整片草原都枯死了，如果神不给他们降下甘霖，即便山谷里有河流，草原也支撑不了多久了。沃尔特留意到老人和侍女眼神古怪地看着对方。老人认为如果侍女真的有在听他讲话，一定会说点什么，可侍女却轻快地说了些冠冕堂皇的话，没透出半点口风，也没盯着老人看。侍女一会儿看这一会儿看那，目光所及，朱唇轻启，露出微微笑意。她坐在那儿，面容如同夏日一样愉悦可人。

Chapter 28

熊人的新神灵

最后老人说："孩子，现在你们跟我去圆形广场吧，去向南部山谷的熊人说明你们的身份。我顾念你们的性命，希望你们自重。特别是你啊，姑娘，你这么年轻漂亮。要是你们言语轻慢、胡言乱语，你们就得穿过烈火去见神灵，这是对神的献礼，也会给人民带来希望。你们会被乱棍捶打，尸体丢进河谷下游，再用装满石头的袋子压住，这事就算了结了。"

侍女直视着老人的眼睛，沃尔特发觉老人似乎稍稍退缩了一步。这时侍女说道："你年长睿智，是熊人族的杰出领袖，但我不需要听命于你，你带路吧。"

于是老人将两人带到河谷最东端的圆形广场。广场里已经站满了人高马大的熊人，手里拿着和他们一样巨大的兵器。因为他们全都站着，所以围成广场的巨石只高出他们一点点。广场中央有一把石椅，端坐着一位须发皆白的老人，左右各有一个体格魁梧的女人。她们身穿战袍，手持长矛，腰上别着遂石刀。除了她俩，广场再没有别的女人。

老者将沃尔特和侍女领到了广场中央，叫他们登上了一个离地六英尺高的宽阔石台，正好和老酋长面对面。沃尔特此时身穿家乡服装，那是用深红色的布料、丝绸还有白色亚麻制成的，原本十分精美，可是经过长途跋涉已经变得污秽破烂。侍女穿的仍然是她逃出金殿时穿的那身长裙，昨天缀上去的花朵现在都枯萎了。尽管如此，那些巨人仍然目不转睛地盯着她看，眼神中还带着些许崇敬。

这时，沃尔特按照侍女的吩咐，在她面前双膝跪下，拔出宝剑举在胸前，好像要把所有闲杂人等隔开。会场里顿时一片寂静，每个人的双眼都盯着他们两人。

过了好一会，老酋长终于站起来说道："族人们，我们这儿来了一男一女，也不知是在何时何地，他们对最先发现他们的族人说，只有全族人都到圆形广场集合，才肯说明来意。或许他们只是两个外邦人，来这儿不为别的就为了欺骗我们，若果真如此，他们会死得很惨。或许，他们来这儿就是为了让我们有贡品献给神灵；又或许，他们是其他部落派来的信使，带来生死攸关的消息。现在，他们将说明身份和来意。我看这位姑娘才是位高权重之人，大概将由她来发言吧。因为你们看，这个男人跪在她面前，似是侍奉她、崇拜她的仆人。那么，姑娘，你说吧，让我们的勇士都听一听。"

侍女用长笛般清脆的声音大声说道："熊人们，我有一个问题要请教坐在我面前的酋长。"

老酋长点了点头，侍女接着说：“你们说，自从上一次你们的神灵以女人的形象现身有多久了！”

酋长说：“我父亲的父亲还是小孩子的时候，曾看到神灵以女人的形象现身，那是很多年前的事了。”

侍女又说：“当时你们是否欢呼雀跃？要是她再次到来，你们会欢欣鼓舞吗？”

“会的，”老酋长说，“因为她送给我们好些礼物，还教导我们知识，而且她没有以吓人的样子出现，而是以年轻女子的样貌示人，就跟你一样漂亮。”

侍女说：“那么，今天是一个欢庆的日子。旧的躯体已经死去，神灵以我的躯体重回人间，为你们带来福祉。”

会场里鸦雀无声，最终老酋长打破寂静，说道：“该怎么办呢？如果你真的是神，我要是威胁你，你岂不是要置我于死地？可你一张樱桃小口说了好些大话，百合般的双手此刻担负着千斤重任。如果熊人被你的花言巧语蒙蔽，那简直是奇耻大辱！总之，还请你一显神通，你若真是神灵，这应该是轻而易举的事。你要是办不到就是在撒谎，就得受惩罚。到时候我们就把你交到这两个女人手里，她们会不停地鞭打你，打累了就把你丢到那条河里去。我们还要把跪在你面前的这个男人献祭给真正的神灵，他得走过炽石烈火之路去见她。你明白了吗？现在就请一显神通吧。”

侍女神色如常，眼神却越发明亮，脸颊也更加红润。只见她向前一小步，仿佛要翩翩起舞。她环视会场，用清亮的嗓音说：“老人家，你不用为刚才的话感到后怕。因为你刚才说的鞭打、惨死都不是用来吓唬我的，而是用来威胁愚蠢的骗子的，可这里并没有这样的人。现在你们听好了！我知道你们希望我证明我的身份，告诉你们，我将为你们祈雨以终结这场旷日持久的旱灾。但是我必须到南边的群山中去把这场雨引来。所以你们必须派几个勇士同我的侍卫一起护送我上山。我们今天就出发。”

侍女停了一下，此时台下所有人都看着她，他们一动不动，一言不发，好像都变成了石头。

侍女又开口说道：“熊人们，别的人会说，这神通已经足够证明我的身份。但我了解你们，知道你们又固执又保守，要是一样礼物还没到你们手上就不算数，要是一样神通不是你们亲眼所见就不足采信。我来自遥远的绿色国度，你们抬头看好了，我把夏天随身携带，举手投足之间花朵枝叶悄然生长。”

看哪！她话音刚落，那些枯萎耷拉的花朵又绽放开来，脖子和肩膀上的藤蔓蜿蜒缠绕，郁郁葱葱地把侍女包裹起来，散发着芬芳。腰带上的百合花昂起脸，花蕊上的金粉洒在她身上。长裙上的小米草恢复了青翠，野蔷薇重新绽放，枝叶缓缓下垂到地面。点缀在枝叶间的绣线菊衬托着她优美的双腿，而鼠耳花好似缀在她衣裙上的一颗颗宝石。侍女身处百花丛中，好似一颗明珠嵌在巧夺天工的珠宝上。身后山谷吹来了徐徐微风，馥郁的香气弥漫整个广场。

熊人们突然全部起立，他们欢呼雀跃，击打着手里的盾牌，把长矛抛向空中。老酋长从座位上站起，诚惶诚恐地走向侍女，祈求她完成许诺的福祉。熊人们争先恐后地涌向她，但又不敢过于靠近。侍女对老酋长说，她会即刻上山，施法为熊族祈求他们渴盼的甘霖，之后她就要往南方去了，不过也许二三十年后，熊人还有可能听到她的消息，甚至再次见到她。

老酋长向侍女提议说，熊人可以找些清香的树枝做成藤椅抬她上山，出发的时候全族人将会夹道欢送。可是侍女从石台上轻轻一跃，然后脚不点地地在草地上轻盈走动。她对跪拜不起的老酋长说："不必如此，难道你以为我需要靠人抬着走，还是担心我施法之时会疲劳？再说，我的双脚走过的牧场将会水草丰美，今年如此，以后年年如此，所以我当然要自己走。"

熊人听了这话愈发崇拜她，他们祝福侍女，还把自家最美味的食物献给她和沃尔特。不过他们没有看着侍女吃东西，也没有叫沃尔特服侍她用餐。两人吃完饭，大约二十个熊人已经佩戴好武器，准备护送他们上山。很快他们就出发了，一路上身材高大的熊人总是远远地跟在侍女后面。当天他们来到群山脚下，准备在此过夜。虽然这地方没有房子，不过熊人细心地为侍女搭了一座小屋，还把他们的皮斗篷盖上作为屋顶。熊人整夜站岗守卫着侍女。至于沃尔特，他们让他睡在稍远一点的草地上，离侍女和守卫都有一段距离。

Chapter 29

失散

翌日早晨，他们醒来继续赶路。走了整整一天，日头西斜，众人来到了一条小路，狭窄的入口处有一个土洞。侍女让熊人止步，她走到洞口，站在那里对他们说：“熊人们，感谢你们一路随行陪同，我祝福你们，并向你们保证，你们的土地将水草丰美。不过现在你们该回去了，让我自行上路，我的护卫持着铁剑，会陪同我。或许不久之后，我会再度来到熊人之中，传授智慧于你们，不过此番足矣，你们最好径直赶回草原山谷中的家园，因为我为你们祈求的暴风雨正从群山腹地汇聚，即将来临。最后我有一言相告，自上次你们见到我以神灵的形象现身后，已经时移世易。我的旨意也有所改变，若再有外邦人到来，你们不必将其砍死或烧死献祭给我，除非他们居心叵测，死不足惜。你们可以惩罚他们，让他们成为熊人的子民。如果他们心地善良，就能和你们一样，成为我的子民。反之，若他们为非作歹，就让他们为奴为婢，但不能与你们婚配。好了，我们就此告别，我会赐福于你们。”

说完，侍女轻盈地走下土丘走上小路，沃尔特站在熊人中看过去，她就像凭空消失了一样。熊人们仍然站在原地，膜拜了他们的神灵好一会，因此沃尔特不敢贸然离去。直到熊人祝福完转身离开以后，沃尔特才匆匆前去追赶侍女，他想侍女也许在路上某个角落等着他呢。

然而此时暮色已至，沃尔特匆匆赶路，夜色降临，他不得不在山路上过夜。夜深了，刮起一阵猛烈的南风，暴风雨将至。接着狂风在群山中咆哮，雨水夹杂着冰雹落下，雷电交加，十分可怖。沃尔特不得不蜷缩在一块巨石下，挨到天亮。

沃尔特的麻烦还不止这些。他在巨石下睡着了，醒来时天倒是亮了，可是暴雨倾泻，又是上坡，前路一片茫茫，尽管沃尔特顶着暴雨奋力前行，却没走出多远。

他又一次生出这个念头，那就是侍女来自妖精一族或某个更强大的种族。以前他这样想的时候，心里有些害怕可又充满了渴望，现在想来，心里却满是恐惧、失落和痛苦。他开始害怕起来，怕她像古老传说中的妖女那样，赢得了自己的爱，厌倦后便另结新欢，然后忘掉自己。

两天来，沃尔特顶着暴风雨，怀着一丝微弱的希望摸索着前行，他的身体越来越虚弱，就快要筋疲力尽了。第三天早上，风暴减弱，但雨势仍然很大。沃尔特半看半摸索着前行，他发现现在走的是下坡路。天色渐暗，他来到一个野草丛生的山谷，一条河流蜿蜒流向南边，雨已经很小了，只是星星点点地下着。

于是沃尔特匍匐着爬到河边，躺在灌木丛中，心想：明早要去找些吃的，才能活下来，然后在荒野中继续寻找侍女。沃尔特现在心情好了一点，他静静地躺着，现在他暂时不用纠结走哪一条路，失散的痛苦却愈发涌上心头。四下一片空旷，沃尔特不再压抑自己，放声痛哭起来。他想念侍女的甜美可爱，想念她亲切的声音和欢笑。他一边赞叹侍女曼妙的身姿、娇美的容颜，以及她的玉手、香肩和纤足，一边咒骂这可恶的命运让他见不到亲切的侍女和她绝美的容颜。

Chapter 30

重逢

怨天尤人了好一会，沃尔特睡着了。再次醒来时天光已经大亮，天气晴朗明媚，万里无云，大地散发着青草的气息，树丛中的鸟儿欢快地唱着歌。他身处风景秀美的河谷，两旁是群山的山坡。这真是一片世外桃源，一物一景都秀丽可爱，多么清新明媚的早晨啊！

他站起来眺望四周，只见一百码开外有一片茂密的树丛，枝条带刺，开着白色的小花，四周环绕着黑果绣球。这树丛遮蔽了一部分溪流，溪水在那儿拐了一个弯。树丛和沃尔特之间是一片草地，草虽不长却十分茂盛，鲜花遍地。沃尔特觉得这简直就是天堂，仿佛能看见天使在兰顿城大教堂的颂歌声中引领那些受祝福的人。看哪！沃尔特突然高兴地大叫起来，从那画境里走来一个天使般的人儿，从树丛向鲜花遍地的草地走来。她白衣赤足、清新甜美、眼神明亮、脸颊红润，正是侍女。沃尔特朝她奔去，侍女也伸出双臂迎接他。沃尔特一下抱住侍女，毫不迟疑地亲吻了她的脸颊、嘴唇、肩膀，和侍女默许的其他地方。直到侍女稍稍后退一步，爱怜地笑着说："打住，朋友，这样够了，告诉我你昨晚怎么过的。"

"糟透了，糟透了。"沃尔特说。

"什么让你感觉糟透了？"侍女问道。

"饥饿，"沃尔特回答说，"还有想你。"

"那么，"侍女接着说，"你已经见到我了，还剩一样困扰你的事情，拉着我的手，我们去解决这件事。"

于是沃尔特无比甜蜜地拉起侍女的手。他抬头一看，只见树林另一头一行青烟袅袅升起。此时沃尔特已经饿得快虚脱了，他笑着说："是谁在远处煮饭？"

"等会儿你就知道了，"侍女说。然后她牵着沃尔特走进了那片树林。他们穿过树林，前面是一片开满鲜花的草地，从树林延伸到小溪。溪边的沙地上生着火，旁边摆着两条肥美的红斑鲑鱼。

"这就是早饭了，"侍女说道，"刚才我打算去洗澡，从岸边走到碧波荡漾的浅水中，那溪水清澈见底，越到远处就越深，我觉得那深水中应该有鱼。我一边想着很快就能见到你，一边顺着溪底摸索，试着缓缓靠近，终于我抓到了！现在你来帮我一下，我们把鱼烤了。"

他们在火堆的余烬上把鱼烤熟，两人饱餐一顿，又从小溪中捧水给对方喝，这一顿饭吃得心满意足。

两人吃过饭，沃尔特对侍女说："但是你怎么知道你很快就会见到我？”

侍女狡黠地看着他说：“这可用不着巫术。我昨晚休息的地方离你不远，听到你的声音我就知道了。”

沃尔特说：“你都听到我在那儿号啕大哭，为什么不来找我？”

侍女垂下眼帘，垂手拨弄花草，说：“我很高兴听到你夸赞我，我以前从来不知道会有人这么想念我，这么在意我的身体，觉得它特别美好。”

她脸颊通红，说：“我不知道我身上有什么美好之处值得你为之痛哭。”

侍女抹去喜悦的泪水，然后笑盈盈地看着他，说：“你知道吗，其实昨天晚上我离你很近，我躲在灌木丛里。当你伤心哭泣的时候，我知道你很快会入睡，所以我不想吵醒你。”

然后侍女又沉默了，沃尔特没有说话，只是害羞地看着她。侍女的脸更红了，她接着说道：“还有，我必须告诉你，我不敢在黑夜里去找你，但是我的心却渴望着奔向你。”

侍女垂下头，这时沃尔特说：“真的是这样吗？你怕我？请不要怕我。我要恳求你，对你说，亲爱的，我们一起经历了重重磨难，让我们奖赏一下自己。在我们出发前，我们在这风景宜人的山谷中结婚吧。还有哪儿比这里更美，更令人欢快吗，我们真的还要往前走吗？”

侍女一跃而起，因为太激动而颤抖，她站在沃尔特面前，说：“亲爱的，我认为还是找到有人烟的地方定居比较好。至于我，我要跟你讲实话，要知道，我渴望跟你坦白这件事。我在荒野中感到很害怕，尽管女主人已经死了，我还是觉得需要有人保护我不受他人加害。我渴望城市里的人群，因为人群能给我安全感。我不能忘记她，昨天晚上我还梦见自己被她抓住了，她剥掉我的衣服折磨我。我猛然惊醒，一边流泪一边大口喘着气。我希望你不要因为我告诉你我的愿望而生气。我视你为我的伴侣，如果你不愿意，那么我会听从你的意思，努力鼓起勇气去适应。”

沃尔特站起来亲吻她的脸颊，说：“不，说实话，我也不想永远住在这儿。我是说我们应该在这儿好好吃点东西，然后出发。实际上，如果说你害怕荒野，我倒是有点儿害怕城市。”

侍女脸色变得苍白，说：“我的朋友，如果你一定要坚持的话，就按你的意思吧。但是你想想，我们的旅程还没有完成呢，我们可能还得经历很多事情、很多纷争，才能最终得到幸福。我应不应该跟你说呢，我以前没有跟你说过吗？我必须是处子之身才能使用我的本领和法术。所以我恳求你，我们继续走吧，就这样肩并肩地走出这美丽的山谷，这样我的本领和法术还能在有必要的时候发挥作用。我的朋友，我可不希望我们俩短命，幸福快乐的日子长着呢。”

“好的，亲爱的，”沃尔特说，“那么我们马上出发，早日到达，我们就再不需要彼此分开了。”

“亲爱的，”侍女说，“请你谅解我，还有一句话我必须要说，前方不远就有好运气在等着我们，这是我的直觉，而且那天早晨你熟睡之际熊人也跟我说了一些事情。”

于是他们离开了景色优美的小溪，来到开阔的山谷，路面很快又变得崎岖。他们一路爬坡，等到终于爬到山坡顶端时，他们眺望远方，只见远处有一座美丽热闹的城市在阳光的照耀下熠熠生辉，它背靠青山，高塔、城墙林立，十分宏伟。

侍女说：“噢，亲爱的朋友，你看！那不就是我们的房子吗？真漂亮，不是吗？那里住着我们的朋友，可以保护我们不受野蛮人的侵扰，那里没有邪恶的妖怪幻化成人形。噢，美丽的城市，我向你问好！”

沃尔特望着她淡淡一笑，说：“你高兴我就高兴。但是那座城市里也会有邪恶的事物，虽然不会是妖精也不是恶魔，除非这城市有别于我知道的任何一座城市。不管在哪座城市，总会有人没缘由地敌视我们，那样的话，我们的日子可就不好过了。”

“是的，”侍女说，“但是在荒野上面对恶魔，凡人的能力和勇气又有什么用？在那儿，你只会跌进他们的诡计和巫术里。但是，如果我们去那城市里，你就能凭借勇气披荆斩棘。至少，你能留下一段传说，而我会崇拜你。”

沃尔特笑了，他开朗了一些，说道：“争强斗狠不过是逞一时之能，以一对多只是螳臂当车。但是我保证，在你身边我不会懈怠。”

Chapter 31

遇见另一伙人

他们下了山坡，走着走着，道路变得十分狭窄，两人在陡峭的岩壁中间穿行。走了一个钟头，两边的岩壁豁然开朗，他们明白，自己又来到了一个类似先前走过的山谷；虽然这里水草丰美，却不如前一个山谷风景秀丽，也没有那么大。但在这里，形势发生了变化。看哪！山谷里支着许多大大小小的帐篷，谷中站着一群人，几乎个个手拿武器，马匹也套上了马鞍。两人停下脚步，沃尔特的心跳几乎都要停止了，他对自己说：天知道这些异邦人是什么身份，看来我们要被抓去当奴隶了。最好的情况就是我们会被分开，可这正是最坏的情况。

然而，侍女见了那些高大的马匹、艳丽的帐篷、飘扬的旗帜、寒光闪闪的长矛和银白色的盔甲，欢喜得直拍手，叫道："这些人是来迎接我们的，他们相貌堂堂，会考虑许多事、做许多事，我们可以加入他们。走吧，我们去会会他们，可爱的朋友！"

沃尔特却说：“哎，你都不知道我们要不要逃跑！现在说什么都迟了，我们只好笑脸相迎，淡定地走过去，就像我们先前在熊人国那样。”

他们便如此行事。那群勇士中走出六个人，朝着他俩走来，恭敬地对沃尔特行礼致意，但没有开口说话。然后他们做出带路的姿态，两人满腹疑惑，随他们一起来到勇士当中，站在一位年老的骑士面前。这个骑士头发花白，除了头部，全身都披着精良的铠甲，他也对沃尔特鞠了一躬，但没有说话。他们把二人带到主帐篷，示意他们坐下，又给他们呈上美酒佳肴。他们正吃着，人群中传来一阵骚动。他们吃完后，年老的骑士走到他们面前，又是礼貌地鞠躬，示意他们离开。两人走出帐篷，见其他帐篷都拆掉了，随即一些人开始拆主帐篷，其他人则骑上马，整齐地列队准备出发。他们面前有两辆马车，众人请沃尔特乘坐一辆，而侍女乘坐另外一辆，他们只好照做。这时有人吹响号角，所有人一起上路。沃尔特透过马车窗帘的缝隙看到勇士们策马走在两旁，不过他们并没有没收沃尔特的剑。

众人下了山，在太阳落山前到达平原，但并没有停下来过夜，只是吃了一点东西又连夜赶路，这些人似乎很熟悉这条路。沃尔特一路上都在揣测会发生什么，也许他们还会被当作祭品祭献给这些人的神灵。反正这些人肯定是异邦人，很可能是撒拉逊人[①]。一想到要和侍女分开，沃尔特便心中一寒。现在俘

① 撒拉逊人：阿拉伯地区的游牧民族，尤指叙利亚沙漠周边不断侵扰罗马帝国边界的游牧民族。（译注）

虏他们的人都是强健的勇士，所有男人都渴慕的美人就在他们手上。沃尔特只能努力朝好的方面想。夜色深沉，天将破晓，他们走到一堵巨大的墙面前，在沉重的大门前停下，吹响三声嘹亮的号角。门开了，众人走上一条大道。在熹微的晨光中，沃尔特看见这条大道宽广漂亮，两旁民居林立。不一会儿，他们来到一个宽阔的广场，广场一侧有一座特别宏伟的院落。接着院门打开了，又响起了三声嘹亮的号角，一行人走了进去。他们走到沃尔特面前，示意他下车。于是沃尔特下了马车，趁机左顾右盼寻找侍女。但那群人不容他多做停留，便带他走过宽大的台阶进入一个房间，房间很大，大到连烛光也显得黯淡。他们把沃尔特带到一张华丽的床前，示意他脱了衣服躺上去，沃尔特一一照办。然后他们把他的衣服拿走，留下他躺在床上。沃尔特静静地躺在床上，心里觉得不妙，现在他赤身裸体，不可能逃跑。他心事重重，久久不能入睡。最终他困倦不堪，抛开满脑子的种种希望和害怕，在天亮之际终于沉沉地睡去了。

Chapter 32

史塔克沃的新国王

沃尔特一觉醒来，屋里阳光灿烂。他环顾四周，发现这是他所见过的最富丽堂皇的房间：天花板是金黄与海蓝相间的，墙壁上挂着漂亮的挂毯，虽然他并不知晓上面的图案讲述了怎样的历史故事。椅子和凳子上雕刻着精美的花纹，房子中央是一顶金绿两色的宝大锦[①]华盖，缀满了珍珠，华盖下方是一把象牙椅，而地板是精美细致的马赛克。

沃尔特打量着这一切，不由得满心疑问。就在这时，两个打扮体面的侍从和三个身着华贵丝绸长袍的老者走进房间。他们走过来（仍然是打手势，没有说话）示意沃尔特起来跟他们走。沃尔特尴尬地笑着说自己赤身裸体，他们既没有笑也没有

① 宝大锦：一种中世纪华贵的织锦，在重磅真丝中加入金丝银线织成。（译注）

给他衣服穿，只是仍然示意沃尔特站起来，沃尔特只好照办。他们带他走出寝殿，穿过一条梁柱支撑的气派走廊，来到一间极尽华丽的浴室。侍从们细心轻柔地为沃尔特沐浴擦身，三名老者就在一旁看着。沐浴完毕，他们仍然没有给他衣服，而是带他穿过走廊回到原先的寝殿。不过这回寝殿里站着两排人，有的一身戎装，有的身着常服，但全都衣着华贵，流露出勇武睿智的首领气度。

此刻寝殿内站满了人，从他们的服饰来看都是身份尊贵的人。但他们秩序井然地围着象牙椅站成一圈。沃尔特暗忖："这里就是我的祭台了。"但他依然面色沉毅。

他们引领沃尔特来到象牙椅前，他看到一条长凳的两头各放了一套衣服，从内衣到外套一应俱全，但这两套衣服截然不同。一套是常服，十分华贵，镶满宝石，只有高贵的君主才配穿;而另一套是铠甲，样式精美但没什么装饰，不仅有磨损，还锈迹斑斑，甚至留有被长矛猛刺留下的痕迹。

老者们示意沃尔特选一套衣服穿上。他看了看左右两套衣服，那套铠甲令他触景生情，想起了戈尔登家族在战场上的情景，于是他上前一步，把手放在铠甲上。人群中传来高兴的低语声，老者们含笑走过来，帮他穿戴；当沃尔特拿起头盔，他看到宽大的褐铁铠甲下有一顶金色的王冠。

沃尔特穿戴整齐，佩带好武器，腰悬宝剑，手持钢斧，老者们示意他走上象牙宝座。沃尔特把斧头放在扶手上，从雕花的剑鞘中抽出宝剑，坐上宝座，然后把这柄古剑放在膝盖上，环视这些身份不凡的人，问道："我们到底要沉默到几时，还是神灵把你们变成了哑巴？”

所有人齐声高呼：“国王万岁，战斗之王万岁！”

沃尔特问：“如果我当国王，你们是否会听命于我？”

老者答道：“只要是您的旨意，我等唯命是从。”

沃尔特又问：“那么，你会如实地回答我的问题吗？”

“是的，国王陛下，”老人说，“只要我还活着。”

沃尔特便问：“那天在山上和我一起到你帐篷里的女人，她怎么样了？”

老人答道：“她没有怎么样，好事坏事都没有发生，我们只是让她休息、进食、沐浴。这么说，陛下您钟情于她？“

“你马上把她带来见我。”沃尔特说。

“遵命，”老人说，“那么她穿什么样的服装来见您呢？她应该穿仆人的衣服，还是该打扮成贵族小姐？”

沃尔特沉思了一会，最后说：“你们征求她的意见，照她说的办，再搬一张椅子放在我旁边让她坐。这位睿智的老人家，你派一两个人把她带来，你留在这里，我还有话要问你。诸位领主，如果不算太劳累，就在这里等着我的女伴到来吧。”

于是老者差遣了三个最尊贵的领主去把侍女带进来。

Chapter 33

推选国王的制度

等待侍女到来之际，这位新国王向老者发问："现在请告诉我，为什么我成了国王，你们国家推选国王的制度和缘由是什么？虽然这事对我而言太棒了，但我终究不过是个外邦人，而你们都是位高权重之人。"

"陛下，"那老者答道，"您已经是这座伟大城市的国王了。这座城邦管辖着很多其他的城市，拥有大片土地和众多海港，财富应有尽有。这里有很多智者，这里的傻瓜绝不会比其他国家多。如果您必须御驾亲征，勇敢的领主将追随你远征沙场。领主们战场杀敌也许力有不逮，除非是古老的神裔，如果还有神裔留存于世上的话，但很可能他们早已不存在。至于我们城邦的名字，这座城邦被称为'史塔克沃城'，亦可简称'史塔克沃'。

"说到推选国王的制度，是这样的，如果我们的国王去世了，留下一名男性继承人继承他的衣钵，那么这个继承人就是下一任国王。如果国王去世，没有留下继承人，那么我们就会派出一名杰出的领主，带上骑士和人马，到你昨天来时的那个山路去守着。他们会把第一个到来的人带到这里，我的主人，所以你才被带来这里。因为我们相信，从前我们的祖先就是从那群山之中沿着那条山路来到这里的。他们当时既穷困又粗野，但却十分勇猛，他们征服了这片土地，建立了史塔克沃。

“每当那位领主等到了来者，他们就把那人带到城市里来。我们把他看作是赤裸的先人，我们这儿所有杰出的人，不管文臣武将都来到这儿。如果我们发现来人是什么奇形怪状的东西乔装成人形，我们就把他裹在巨大的毯子里直到他死去。如果他是个头脑简单没有谋略之人，我们就把他交给城中的某个工匠，让他做个鞋匠、工人或者其他什么工作，然后我们就把他抛诸脑后了。

“如遇这两种情况，我们只当没人来到我们之中，再次派遣那位领主和他的骑士去山路上守望，因为我们认为先祖还没有将那个人送来我们这里。如果我们再次遇到新来的人，并且发现他相貌堂堂，才思敏捷，不蠢不笨，我们才会请求那赤裸的人选一套他喜欢的服装。因为我们相信，先祖绝不会送来一个笨蛋或者懦夫来做我们的王。如果他选择了这套古老的盔甲和兵器，也就是陛下您现在身上穿的、手里握的，那再好不过了，他就是国王。但是如果他选了这套常服，那么他可以选择要么成为这座城市的一个地主，要么证明他有多聪明；登基和死亡只是一线之隔，如果他缺乏智慧，他就得死。

“那么国王陛下，您的问题我回答完了。感谢先祖把您送来，没有人会怀疑您的智慧和勇气。”

Chapter 34

侍女觐见国王

老人话音刚落，众人一齐躬身向国王行礼。这时，沃尔特问道："外面是何声音，仿佛是西南风起，沙滩上涨起潮水？"

老者正要张口答话，只听寝殿外传来一阵骚动，人群分开，瞧！侍女从人群中款款走出，她仍然穿着在荒野中跋涉时的白裙，不过她头上多了顶红蔷薇编成的花冠，腰间也缠绕着红蔷薇。她似六月的清晨般清新可爱、面庞鲜活、嘴唇红润、妙目清澈，脸颊因满怀希望和爱意而泛起红晕。

她径直走到沃尔特坐的地方，轻轻把手从引她来象牙宝座的老者手中抽出。她跪倒在沃尔特面前，把一只手放在他穿着钢铁盔甲的膝头，轻启朱唇说："噢，陛下，现在我知道您欺骗了我。您身上本来就流着王室的血，现在您回到您的王国。可是您一直对我如此亲切友善，您俊朗非凡，您明亮的眼睛正从那灰色的头盔之下看着我。我恳求您不要把我赶走，让我做您的侍女伺候您，可好？”

国王俯身将她扶起，然后站起来，牵起她的双手吻了一下，又把她拉到身边坐下，对她说：“亲爱的，这就是你的位置，从早到晚你都要陪在我身边。”

于是侍女在国王身边坐下，面色温柔而又勇敢，她把双手放在大腿上，双足交叠。国王向众人说：“诸位大臣，这是我的爱人、我的伴侣。你们若要我作王，就得尊她为王后，否则便让我二人平静地离去吧。”

寝殿中所有的人山呼道：“王后陛下！我们国王的心爱之人！”

这呼声发自他们的内心，不只是唇齿之间；因为他们看到她不仅有美丽的光辉，也有温柔的举止和高尚的心灵，众人都爱戴她。年轻人看到她，脸颊变得通红，一颗心都飞到了她身上。他们拔剑挥舞，像沉醉在爱情中的男子那样高呼：“王后陛下，您是最可爱的人！”

Chapter 35

国王与王后

就在这时，外面的喧闹声越来越响。这引起了国王的注意，他再次问老者："请告诉我们，那喧闹声是怎么回事？"

老者说："国王陛下，王后陛下，如果你们愿意起身站在窗边看一看，然后再走到那边的露台上去，就会立刻明白喧闹声是怎么回事了。你们会看到人民聚集在此欢庆新国王登基。"

于是国王起身牵着侍女的手来到窗边，宽阔的广场上人山人海，挤得水泄不通。很多平民百姓手持武器，很多人还穿上了战服。国王牵着王后的手走到露台，而王公贵族和大臣们都站在他身后。人群立刻爆发出欢呼，声音直冲云霄。宽阔的广场上空都是彩色纸片，人们有的将手中的长矛抛向空中，有的挥舞着宝剑，有的则伸长了双手。

侍女柔声地对国王说："我们终于远离了荒野，这座城市能守护我们，能帮我们抵御那些威胁我们生命和灵魂的敌人！"

沃尔特什么也没说，只觉得恍如身在梦中，如果真是梦一场，他对侍女的渴望也就愈加强烈了。

广场的人群里此时有两个人站得比较靠近窗户，这两人是邻居，一个对另一个说：“你看！那个新国王身穿‘大河之战’的盔甲，手握‘反攻之日’斩杀敌方国王的剑！想必对我们大家是个好兆头。”

“是啊，”另一个人说，“他穿那身盔甲很合身，一双眼睛炯炯有神。不过，你看清他的女伴没，她长什么样？”

“我看到她了，”第一个人说，“她很美，但是穿的衣服却连普通人都不如。她穿着侍女的裙子，天啊，这也太寒酸了！你快来看她的光脚丫，她是有什么问题吗？”

“你看不出来吗？”第二个人说，“她不光漂亮，她还是那种可人儿，她能不知不觉地把男人的心偷走。看来史塔克沃这次是走运了。至于她的穿着，我看到她身穿白衣，头戴蔷薇花环。她的身体是那样纯洁可爱，她的穿着打扮好像都成了她身体的一部分，让她更显圣洁。啊，我的朋友！让我们祈祷这位王后经常出宫巡游，常到人民中来。”

过了一会儿，国王和他的女伴回到室内，随即国王命王后的侍女前来带王后去更衣，换上王室的华服。他从贵族少女当中挑选了几个最漂亮的，她们都非常乐意做王后的侍女。然后，国王脱下盔甲，换上最华贵的衣服，不过他还是佩戴着那把斩杀敌国国王的剑。然后国王在宫殿宏伟的大厅里坐下，王后也随后被带到此处，两人在高台上会面，在王公贵族和其他人面前亲吻彼此。然后众人看着他们二人用了少许酒菜。用膳完毕，众人为他们各自准备了一匹高大俊美的白马，两人上马并肩而行，人群为他们让开一条小路。一行人一路来到一座大教堂进行涂油圣化[1]和加冕仪式。在一名侍从的引导下，两人步入教堂（这说明这里的人民不是什么异端邪道之人），按照史塔克沃新王加冕的习俗卸下武器。国王和王后两人率先进入教堂，唱诗班跟随他们进入。他俩疑惑地在教堂里站了好一会，此时，大钟在头顶敲响，小号声由远及近，接着，他们听到众人齐声吟唱，教堂宏伟的大门徐徐开启。主教和他的随从牧师在歌声中依次进入。再然后，众人也进入了教堂。这时教堂里已经站满了人。随后，有水流过大坝的边沿，注满了蓄水池。主教和他的随从穿过唱诗班，来到国王面前，赐予国王和王后平和之吻。这时众人的歌声愈加洪亮。主教为国王施行了涂油礼[2]和加冕礼。礼毕教堂里顿时一片欢腾。

仪式结束后众人步行回宫。国王和王后并肩而行，只有一名侍卫在前面开道。他们途经前文所提到的那两个人身边。其中一个，也就是那个称赞国王戎装的人说："说实在的，老邻居，你说得对，此时王后已梳妆打扮，头戴王冠，身穿白色锦缎长袍，浑身上下缀着珍珠。我觉得她真是美若天仙，简直和咱们英俊的国王不相上下。"

---

① 涂油圣化：涂油礼是基督教中极为神圣的一种仪式，曾被作为信徒入教的基本宗教礼仪，后来变为一种赋予少数人以特殊政治身份和权力的典礼。在教界，它成为教皇、主教的圣职就任礼，以体现上帝对其宗教神权的授予。（译注）

② 涂油礼：同上。（译注）

另一个说："在我看来，她现在更美了。她身穿白袍，当然她之前穿的也是白色的衣服。因为她的身体纯洁可爱，与珍珠的光芒相得益彰，愈发闪亮。她圣洁的身躯在盛装之下绽放光芒。说实话，对于我来说，她经过身边的时候，好像天堂就近在咫尺，我都能闻到天堂的气息。所以我说，我们得赞美上帝和他的圣徒，让她来到这里与吾辈同住！"

第一个人说："是啊，真是这样。不过你知晓她的来历吗，知道她的家世血统吗？"

"不知道，"另一个人说，"我不知道她从何处来，但是我确信，在她的领导下，人民将获益良多，一直到她离世。再者，虽然我不清楚她的家世血统，但我知道，她的子子孙孙、世世代代都会祝福她，赞美她。赞颂她的名字不逊于赞颂圣母。"

两人正说着话，国王和王后已经回到了宫殿。当下宫里设宴，国王和王后坐在王亲贵族当中，众人欢庆宴饮至深夜，直到大家都必须上床休息。

Chapter 36

新时代

过了许久，侍女们才奉国王之命将王后带来寝宫。沃尔特揽住她的肩膀拥吻她，问道：“累不累，亲爱的？整座城邦、拥挤的人群以及王公贵族上下打量的眼光……如此种种，会不会让你觉得不堪重负？”

她答道：“哪有什么城邦？现在不是又回到荒野中了吗？这里只有你我二人。”

他热切地凝视着她，她双颊泛起红晕，更衬得一双美目顾盼生辉。

他的声音颤抖而温柔：“这里比起荒野，是不是好了不止一星半点？现在不害怕了吧，是不是，一点儿都不怕了吧？”

她脸上的红晕褪去，更加深情地凝望着他，坚定而清晰地说：“是的，亲爱的。”然后她把手伸向束在腰间的腰带，解下腰带递给他，说：“这就是信物，这是一个少女的腰带，现在她一丝不挂地站在你面前。”

沃尔特接过腰带，伸出双臂把她拥入怀中。两人沉浸在柔情蜜意里，现在他们安全了，心中充满了对未来美好生活的向往，他们聊起了曾经历过的种种欺骗、痛苦和死亡，两人的感情因此愈加甜蜜。漫漫长夜里，她向沃尔特讲述了许多不堪回首的往事，还有女主人曾经欺凌她的经历。他们谈了一夜，直到天色渐明，寝宫渐渐亮起来，她在晨曦中越发楚楚动人，沃尔特觉得她比初见时更加迷人。新的一天来临，他们不胜欣喜。

待天色大亮，沃尔特就起来召集勇士和智者商议政务。他下令大赦犯人，又给穷人分发衣食。城中男女老幼，无论身份高低贵贱、富裕贫困，都欢欣鼓舞。从那以后，沃尔特经常与大臣们商议政事，他的睿智与机敏令众人啧啧称奇。然而有些大臣见所有人事事都听命于他，有些怏怏不乐。但明智的大臣都为有这样一位明主而欣喜，盼望在他的有生之年能过上更好的日子。

至于沃尔特在史塔克沃的作为、他此后的快乐与悲伤，本书就此略过不提，也不再讲述他重返兰顿城的事迹。

他生活在史塔克沃，作为国王统治这片土地，他深受人民爱戴，也被敌人深深忌惮。他有时不得不领军作战来平息内外骚乱，他所向披靡，最后世上再无俗事打扰他，他安然长逝。据说没有穷人为他哀悼，因为在他治下再也没有穷人，也没有敌人对他怀有恨意。

王后美貌而善良，人们皆以能在街头或田间见到她为乐。大婚之后，她的巫术消失了，但她足够聪慧。她再也无须四处奔波，再也没有任何诡计和困难需要她应对。她深受人民爱戴，人人都以能为她效力为荣。总而言之，她为土地带来丰收，她守护这座城邦，她是民众之福。

然而随着时间的流逝，她忆及曾对熊人谎称自己是他们的神而感到不安，思索着怎样弥补。于是在来到史塔克沃后的第二年，她带领一些人马来到那条通往熊国的小径，让全副武装的士兵们驻守在此，只带着四十名农夫继续前行，这些农夫都是她从史塔克沃赎出来的奴隶。一行人来到熊人的山谷，她让众人带着马匹、马车、玉米种子和铁制农具留在一个小山谷里，只身来到魁梧的熊人居住的地方，现在她没有法术护身，唯一能仰仗的便是自己的美丽和善良。她身上只穿一件白色短裙，与当初逃离世界之外的森林时一样，她双脚赤裸，手臂袒露。但她此时已没有巫术，所以她以金丝和宝石在裙子上绣满了栩栩如生的花朵。

侍女来到熊人中间，他们立刻认出了她，十分敬畏她。她对熊人说，此次前来是有一份礼物相送。接着她向熊人们讲述了什么是农耕技术，命他们学习。熊人就问她具体该如何耕作，她就告诉熊人，她带来了一些人，都在山谷里等候，若熊人们把他们当作自己的兄弟和祖先的后代，他们就会将耕作的方法倾囊相授。熊人们欣然应允，侍女便带他们去见那些赎了身的奴隶。熊人们热情地接待了他们，把他们带了回去。

于是熊人和奴隶们一起回到山谷，侍女则与她的侍卫一道返回史塔克沃。

此后，她又陆陆续续给熊人送了许多礼物，给他们传授更多知识，但没有再去看望他们。因为上次见到熊人，她虽然面带笑容，但内心着实害怕，她似乎有种错觉，好像女主人逃过一劫又活了过来，要再次暗算她。

从那以后，熊人族兴旺起来，人口激增，后来与其他部落爆发了剧烈冲突。熊人们骁勇善战，终于有一天他们在战场上再次遇上了史塔克沃的人，有胜绩亦有败绩。不过，那都是侍女去世许久以后的事情了。

沃尔特与侍女的故事就此结束，他们两人的儿子英俊，女儿貌美，史塔克沃从此有了优良的血统。这一血统如此强大且绵延长久，以至于最后这一血统消亡之时，人们早已忘记了那古老的推选国王的制度，因此再也没有出现过像兰顿城的沃尔特这样只身走出熊国山岭，孤微发迹的国王。